하나코 이야기

하나코 이야기

김민정 지음

구름서재

✳ 차례

소설 하나코는 2014년 초연되었던 연극 '하나코'에서 시작된 작품입니다. 일본군 위안부 피해 할머니들의 실제 증언 내용을 묶은 증언집을 읽으며 처음 이 소재에 관심을 갖게 되었습니다. 일제강점기 말에 중국, 베트남, 캄보디아, 남태평양의 군도까지 끌려가 성노예로 고통을 받아야했던 할머니의 아픈 역사를 활자로 읽으며 마치 고통스런 비명이 들리는 것만 같았습니다. 하나코에 등장하는 렌 할머니의 사연은 일본군에 의해 끌려가 조국으로 돌아오지 못하고 칠십 년의 세월을 캄보디아에 살면서 한국의 가족을 찾으려했던 훈 할머니의 실제 사연이 모티브가 되었습니다.

남들처럼 행복하고 싶었고 꽃분이라는 예쁜 이름으로 불렸던 분이는 동생 금아와 함께 일본군에 의해 찢기고 유린당하고, 전쟁이 끝난 후 동생의 생사조차 모른 채 평생을 찾아 헤매게 되었습니다. 이름의 한 글자가 같다는 이유로 캄보디아까지 가서 렌 할머니를 만나려 한 분이 할머니의 동생 금아를 찾고자 하는 간절한 염원을 다루고 있는 이 이야기가 일본군 성노예 피해를 겪은 할머니들의 삶에 작은 위로가 되기를 바랍니다.

기록되지 못하면 잊히고 마는 역사 속에서 무대에 올렸던 이 작품이 소설이라는 장르로 다시 태어나 더 많은 사람들에게 읽히고 기억되었으면 좋겠습니다.

지은이 김민정

꽃다운 시절을 잃어버리고
남의 나라 꽃 이름으로 불려야 했던
조선 소녀들 이야기

프놈펜

프놈펜은 적도에서 가까운 위도라 일 년 내내 사십 도가 넘는 더위 속에서 살아 가야만 하는 곳이다. 공항 안은 그런대로 괜찮았지만 밖으로 나서자 쏟아지는 태양 빛에 제대로 서 있기가 힘들 정도였다. 한국에서 다섯 시간이면 도착하는 곳 캄보디아 프놈펜. 이 땅을 다시 밟는 데 칠십 년이 걸렸다. 아마도 한분이 할머니가 프놈펜이라는 땅에 발을 딛자마자 현기증을 일으킨 것은 사십 도가 넘는 더위보다는 칠십 년이라는 세월의 격차 때문이었을 것이다.

***

어둠 속에서 조선 소녀들이 보퉁이를 하나씩 안고 걷고 있었다. 찌는 태양 아래 땀이 비 오듯 흘렀지만 더위조차 제대로 느낄 수 없었다. 그녀들의 곁에 총을 든 일본군들이 함께 걷고 있었기 때문이다. 프놈펜 시내의 목조건물은 원래는 유곽(여관)이었다. 일본이 캄보디아를 점령하면서 방을 늘리고 위안소로 바꾼 것이었다. 건물의 이름은 한자로 '樂園낙원'이라고 쓰여 있었다. 꽃분이는 어머니를 따라 간 교회에서 그 한자만은 익혀두었던 터였다. 낙원 위안소 앞에는 키 작고 머리가 벗겨진 게, 단단해 보이는 일본인 사내가 서 있었다. 그는 소녀들에게 자신을 '오또상'이라고 부르게 했다. 아버지라는 뜻이다. 소녀들이 한 명 한 명 들어설 때마다 오또상은 일본 이름을 붙여 주었다. 아끼코, 하루코, 아야코, 기미코, 꽃분은 '하나코花子'라는 이름을 갖게 되었다. '꽃의 아이', 일본 이름 하나코의 뜻은 꽃의 아이였다.

***

분이 할머니는 다섯 시간의 비행이 힘들었는지 숙소인 호텔에 도착하자 금세 머리를 대고 잠이 들었다. 팔십 노구를 이끌고 해야 하는 여행이란 쉽지 않은 일이었다. 잃어버린 동생을 찾아야 한다는 염원이 없었다면 엄두를 내지 못했을 것이다. 분이 할머니가 위안부 등록을 한 것도 잃어버린 동생 금아를 찾기 위해서였다. 모두 여성학 연구자인 서인경 교수의 전화 한 통에서 시작된 일이었다. 프놈펜에 한국인 위안부가 있는데, 우리말조차 다 잊어버린 할머니가 유일하게 기억하고 있는 것이 자신의 이름 '한금이'라고 했다. 한금아와 한금이, 엄밀히 말하면 다르지만, 분이 할머니는 그래도 두 글자는 같다는 사실에 매달려 희망을 걸었다. 분이 할머니는 동생의 얼굴을 한 번만 볼 수 있다면 당장 죽는다고 해도 서럽지 않다고 생각했다. 살아 있다는 소식만으로도 가슴이 뛰는 일이었다.

***

"저이들이 누구지? 저이들이 누구야? …… 오또상?"

가위에 눌린 듯 소리를 지르며 분이 할머니가 몸을 일으켰다. 할머니의 눈에 처음 들어온 것은 격자무늬의 벽지였다. 고개를 돌리니 의자 위에 벗어 놓은 검은 색 카디건이 보였다. 분명 자신의 옷이었다. 조금 떨어진 바닥의 가방도 분명히 자신의 것이었다. 할머니는 천천히 일어나 창문 앞에 섰다. 뜨거운 태양이 열대의 도시 위로 열기를 쏘아대고 있었다. 훅하고 치미는 타는 듯한 뜨거움이 창문 안에서도 느껴졌다.

'여기가 …… 여기가 어디더라?'

분이 할머니가 기억을 더듬고 있는 사이, 서인경이 다가왔다.

"할머니 괜찮으세요?"

분이 할머니는 서인경의 목소리를 듣고서야 3시간 전 프놈펜에 도착해 호텔로 오자 마자 잠을 청한 일이 생각났다. 드디어 프놈펜에 온 것이다. 칠십 년 만에 캄보디아의 프놈펜에, 그 지옥같은 곳에 도착한 것이다.

'나는 동생을 찾으러 온 길이다. 프놈펜에. 이 지옥같은 곳에.'

그렇지 않고서는 이곳에 올 일이 다시는 없으리라 생각했던 분이 할머니다. 할머니는 마음이 조급해졌다. 자신이 어서 만나러 가지 않으면 동생이 금세 사라져 버리기라도 할 것처럼 불안해졌기 때문이다.

금아

방송국 피디 홍창현이 방문을 노크하고 들어왔다.

매사 따지기 좋아하고 스스로 논리적이라고 믿는 홍창현은 두 할머니의 감동적인 상봉을 취재해 다큐멘터리 영화를 만들 야심을 품고 있었다. 분이 할머니는 홍창현을 보자 반사적으로 얼굴을 찌푸렸다. 주머니가 많은 야상점퍼와 황토색 바지가 칠십 년 전 일본군의 군복을 떠오르게 했기 때문이다. 특히나 어깨 위에 붙어있는 장식은 영락없는 일본군 장교의 계급장을 떠올리게 했다.

그때였다. 할머니에게 불쑥 카메라를 들이밀며 홍창현이 물었다.

"할머니, 칠십 년 전 여기 오실 때 기억나세요? 지금 소감이 어떠신지 좀 말씀해 주세요."

홍창현의 요청에 분이 할머니는 불쾌하다는 듯 얼굴을 돌렸다. 홍창현이 눈짓으로 도움을 청하자 서인경이 부드럽게 물었다.

"할머니, 여기 오신 소감이 어떠신지 궁금해서 그래요."

분이 할머니가 창밖을 바라보며 말했다.

"그때는 배를 타고 왔어. 약속했던 간호부 취업이 아니라는 걸 알고 몇 번이고 뛰어내리고 싶었는데 …… 일본군이 총칼을 들고 있으니 무서워서 뛰어내리지도 못했지."

홍창현이 또 불쑥 물어왔다.

"동생분은요? 동생분에 대해 기억나는 건요? 언제 헤어지신 건지 기억나세요?"

분이 할머니는 홍창현의 물음이 여전히 마음이 들지 않는 모양이었다. 이번에도 서인경이 다시 물었다.

"할머니, 금아 어땠어요? 할머니 동생분. 금아요."

분이 할머니가 기억을 더듬는 것 같았다.

"우리 동생 …… 금아. 보고 싶어. 못 본 지 한참 됐어."

"언제 헤어지셨는지 기억나세요?"

서인경의 질문에 분이 할머니는 금세 기억에서 빠져나왔다.

"몰라. 그거 알면 내가 찾지. 박사님 보고 찾아 달래나? 우리 동생 나보다 두 살 아래예요. 그땐 없이 살아서 …… 모두 배가 고팠어.

…… 그래도 고왔지. 얼굴이 동그랗고 통통하고 …… 우리 금아 찾으러 온 거 맞지?"

서인경은 분이 할머니에게 고개를 크게 끄덕여 주었다.

"네, 금아 만나러 가요."

홍창현은 카메라를 닫으며 서인경을 한쪽으로 불러 세웠다.

"확신하시는 겁니까?"

홍창현이 따지듯 물었다.

"렌 할머니 이름은 한금이잖아요. 분이 할머니가 찾고 계신 동생분 이름은 한금아고. 비슷하지만 똑같지는 않습니다."

"만나 보시면 알겠죠."

서인경은 오히려 단순하게 생각했다. 혈육은 끌리는 법이다. 더욱이 십대 시절을 함께 보낸 자매다.

"헤어진 지 칠십 년이 넘었는데 …… 알아보신다고요?"

홍창현은 아무래도 이해가 되지 않는 모양이었다.

"직접 만나 보면 신체적인 특징이나 느낌, 반응으로 알 수 있죠. 저는 손을 유심히 보는데, 아무리 살아 온 세월이 달라도 형제자매 간에는 신기하게 손이 닮았더라고요. 안 그래요? 난 우리 언니랑 손이 똑같거든요."

홍창현은 서인경의 말에 전혀 믿을 게 못 된다는 듯 툭 쏘아 말했다.

"전 외동이라서……."

"아, 어쩐지……."

서인경은 말끝을 흐리며 분이 할머니의 손을 가만 들여다보았다. 할머니의 손에 집중한 것은 홍창현도 마찬가지였다. 팔십을 넘어 구십을 바라보는 고령의 노인, 분이 할머니의 피부는 핏줄이 보일 정도로 투명하고 주름이 많았다. 툭 튀어나온 마디와 손등에 핀 검버섯이 있긴 하지만 젊었을 적에는 꽤 고왔을 길쭉하고 가는 손이었다. 과연 렌 할머니의 손은 어떤 모양일까 서인경은 궁금해지기 시작했다.

하나코

비행기 굉음이 울리자 분이 할머니가 움찔하며 일어섰다. 호텔이 공항 근처에 있어 간간이 비행기 이착륙 소리가 들리는 건 흔한 일이었다. 할머니는 불안해하며 서인경을 불러 말했다.

"어서 가자. 어서 가. 금아 찾으러 가자."

조금 더 쉬어야 한다고 했지만, 할머니는 한시도 참을 수 없다는 듯 어린아이처럼 재촉했다.

"아, 어서 가자니까!"

그때였다. 통역을 맡은 김아름이 도착했다.

"쭘립쑤어!"

김아름의 첫마디는 캄보디아어 '안녕하세요'였다. 선교사였던 부모

님을 따라 프놈펜에서 자라온 김아름은 명랑하고 밝은 에너지를 가진 젊은이였다. 김아름은 캄보디아 약국에서 판매하는 한국산 박카스와 두통약을 내밀어 단번에 사람들의 환심을 샀다. 김아름을 제일 반긴 것은 홍창현이었다. 자신이 말만 하면 얼굴부터 돌리고 보는 분이 할머니에게 알게 모르게 의기소침해진 탓이다. 홍창현은 김아름과 농담을 주고받으며 연신 웃어댔다.

"아름 씨 일본어로 '코'가 한국어 아니, 한자로 아들 '자'인 거 알아? 일제강점기 이후 한동안 그 이름이 유행이었잖아. 명자 하면 아끼코, 춘자 하면 하루코, 순자는 쥰코……."

분이 할머니는 일본 이름을 줄줄이 외워대는 홍창현이 마음에 들지 않았지만 참아 넘기기로 했다. 어찌 됐든 금아를 만나기만 하면 되는 것이었다. 그러기 위한 여행이었다.

홍창현은 눈치도 없이 김아름에게 계속 농담을 던져댔다.

"아름 씨는 아야코? 아르코?"

김아름도 천연덕스레 받아쳤다.

"아이고 우얏꼬!"

농담을 주고받으며 홍창현의 웃음이 커지자 서인경이 불같이 화를 냈다.

"당장 그만두지 못해요!"

서인경은 홍창현에게 위안부 할머니들이 그런 일본 이름으로 불리며 수년간 지옥 같은 위안부 생활을 했음을 알려주었다.

"코가 들어간 이름이 많은데, 그 외에도 꽃 이름, 나무 이름 또 뭐 숫자나 방 번호로도 불렸다고 해요. 분이 할머니 어릴 때 이름이 꽃분이었어요. 그래서 하나코라고 불렸죠. 화자, 꽃의 아이라는 뜻이에요."

홍창현은 그제야 자신이 부끄러워졌다. 누군가의 상처를 웃음거리로나 만들다니······.

"이름 짓는 과정이 슬프네요. 더 예쁜 본인 이름이 있는데도 불구하고."

김아름도 이름에 관련된 이야기를 듣고 숙연해졌다.

그때였다. 서인경의 전화벨이 울렸다. 30분 뒤에 호텔 로비에 택시가 도착한다는 연락이었다.

"아름 씨, 택시 오면 경동약재상으로 우리 출발하면 되죠?"

"네, 그쪽으로 렌 할머니하고 손녀딸이 오신다고 했으니까 거기서 두 할머니 만남 진행하면 돼요."

"좋아요. 그럼 아름 씨하고 나는 먼저 로비로 내려가 오늘 내일 일정 확인해요.

할머니, 조금 더 쉬시다가 천천히 내려오세요. 제가 모시러 올게요."

서인경이 김아름과 함께 나갔다.

홍창현은 할머니에게 죄송하다는 말을 몇 번이나 하고 싶었지만, 차마 밖으로 내어 말하지는 못하고 카메라를 정리하고 호텔방을 나섰다. 혼자 남겨진 분이 할머니는 침대에 걸터앉아 뜨겁게 달궈진 프놈펜 시내를 내려다보았다. 프놈펜은 몰라보게 변해 있었다. 공항을 중심으로 번화한 도시에는 칠십 년 전의 흔적을 전혀 찾아볼 수 없었다. 분이 할머니는 오로지 날씨만큼은 그 뜨거움이 여전하다고 생각했다.

오또상

낙원 위안소의 포주 오또상은 늘 군복 바지에 유카타를 입었다. 그는 위안부로 끌려온 여자들에게 자신을 아버지란 뜻의 일본말 오또상으로 부르게 했다. 하지만 그의 실체는 아버지로 부르라고 하면서 아버지로서는 도저히 못 할 일을 무수히 시키는 악마였다. 여자들에게 기미코, 에이코, 미츠코, 하나코 같은 이름을 준 것도 오또상이었다. 오또상은 게슴츠레한 눈으로 비열하게 눈알을 번뜩이며 곤봉으로 다다미로 만든 여자들 방문을 두드리며 지나갔다. 그러다 뭔가 자기 마음에 들지 않는 여자들이 보이면 사정없이 그 곤봉을 휘둘렀다. 오또상은 조선에서 끌고 온 여자들을 아기들이라고 불렀다.

"아기들아 서둘러라. 느려 터져서는 안 돼. 군인들이 온다니까. 준비해!"

오또상이 곤봉으로 다다미를 드르륵 긁어가며 그렇게 외치면 여자들은 몸서리를 쳤다.

그 소리에 뒤이어 악귀 같은 일본군들이 지옥문을 열고 들어선다는 것을 알았기 때문이다.

***

위안부들은 군인들이 근무하는 오전에 삿쿠를 빨아야 했다. 삿쿠는 지금의 콘돔인데 '돌격 1호'라는 이름으로 여자들에게 소량 지급되었다. 양이 터무니없이 부족했기 때문에 피해를 보는 것은 여자들이었다. 원치 않는 임신이라도 하게 되면 죽은 목숨과 같았다. 임신해 배가 불러서는 군인을 제대로 받을 수 없다며 군인들이 차고 다니는 긴 칼로 목을 내려쳤다는 소문은 그저 소문만이 아니었다. 그래서 삿쿠만큼은 꼼꼼히 빨아 다시 써야 했다. 꽃분이와 금아는 삿쿠를 빠는 일이 세상에서 제일 싫었다. 하지만 그 시간이 아니면 서로의 얼굴을 볼 시간이 없었다. 비록 자매지간이라 할지라도 …… 삿쿠를 빨면서 꽃분은 벌써 몇 번이나 구역질이 솟는 걸 겨우 참아내고 있었다.

"언니, 군인들이 내일 떠난대. 오늘 밤 또 난리를 칠 거야."

금아가 꽃분의 귓가에 속삭였다.

"떠나든 말든. 차라리 여기에 폭탄이라도 터졌으면."

꽃분은 정말로 그랬으면 좋겠다고 생각했다. 차라리 폭탄이 터져서 일본군들을 다 죽이고 자신도 죽어 버렸으면 좋겠다고. 죽어서라도 이 생지옥에서 벗어나고 싶다는 생각뿐이었다. 하지만 금아는 생각이 달랐다.

"언니, 오늘 밤 그 사람이 오기로 했어. 옷을 줬어. 홍치마야!"

금아는 겉옷 속에 일본군 군의관이 준 붉은색 치마를 껴입고는 빙그레 한 바퀴 돌아 보이기까지 했다.

"이걸 입고 기다리래. 이 홍치마를 입으면 절대로 죽지 않는대. 그 사람 말이 전쟁이 곧 끝날 거래."

금아는 제법 설레는 듯 볼까지 붉히며 꽃분의 귓가에 속삭였다.

"그따위 말 믿지 말라니까!"

꽃분이는 금아가 그런 허황된 말에 홀린 것이 참을 수 없었다. 하지만 금아는 여전히 꿈속에 살았다.

"아니, 난 믿을래. 그 사람은 군의관이야, 의사! …… 날 무척 아껴 줘. 그 사람이 여기서 날 빼내 줄 거야."

금아는 그 사람이 구세주라고 말했지만, 꽃분이는 말도 안 된다고 생각했다. 이 시궁창에 그런 사람이 있을 리는 없다. 여긴 살아서는 빠져나가지 못하는 수렁인 것이다. 하지만 금아는 여기서 나갈 수만 있다면, 누구든 이 지옥에서 자신을 건져주기만 하면 뭐든지 할 생각이었다. 그 사람 신발을 핥으라면 핥고 밤새도록 잠을 안 재워도, 죽도록 두들겨 패도 좋다고 생각했다. 그 어떤 폭력과 폭압이라도 이 생지옥보다는 낫다고 생각한 것이다. 금아는 그 군의관을 진심으로 믿고 있는 것이다.

"넌 속고 있어!!"

꽃분이가 금아의 등짝을 후려치면서 소리쳤다. 금아가 발작하듯 소리쳤다.

"그러지 마! 그런 말 하지 마! 하지 마! 제발! 그 사람은 날 구해줄 거야. 꼭 그럴 거야. 언니도 부탁해 볼 거야. 우리 둘 다 꺼내 달라고."

금아에게 그 사람의 존재는 하늘에서 내려온 동아줄과도 같았다. 이 생지옥을 탈출할 유일한 기회이기에 그 줄이 썩었는지 아닌지는 따져볼 필요도 겨를도 없는 듯했다. 꽃분은 그 점이 제일 화가 났다. 그래서 더 심하게 금아를 몰아쳤다.

"주제를 알아야지. 우린 그 악마들 노예야. 이 샷쿠나 너나 똥통에 버려지는 쓰레기밖에 안 돼."

금아는 꽃분의 그 징그러운 말에 몸서리를 쳤다. 쓰고 버리는 쓰레기라니 …… 하지만 꽃분은 그것으로도 모자라 저주 같은 말을 내뱉었다.

"죽어야 끝나지. 속았어. 다 망해 버렸어! 결국, 이 지옥에 빠져 버렸는데 …… 여기선 더 이상 숨 쉬는 것도 못 견디겠어."

사실 꽃분이도 금아의 마음을 모르지 않았다. 하지만 아무리 친절하게 대해주는 군의관이라도 그는 일본군이었다. 꽃분과 금아를 이 지옥으로 끌고 온 일본군. 그가 베푸는 친절이 무슨 의미인지 정확히 알지 못한 채 금아가 빠져든 것이 꽃분은 너무도 불안했다. 그 모든 것이 언니인 자신의 탓인 것 같아 스스로가 너무도 원망스러웠다. 사는 게 바로 지옥인 삶이었다.

그때였다. 게슴츠레한 눈의 오또상이 꽃분과 금아를 바라보고 있는 게 느껴졌다. 뒤이어 기분 나쁜 목소리가 등 뒤에서 들려왔다. 꽃분과 금아는 반사적으로 서로를 끌어안았다.

"하야끄! 하야끄! 서둘러라. 서둘러! 하나코! 요시에! 군인들이 와. 맞아 죽고 싶지 않으면 빨리 준비해! 삿쿠 깨끗이 빨아서 쓰고. 그래야 낙원이 되는 거야. 낙원!"

그들에게는 낙원, 꽃분과 금아에게는 생지옥인 그 시간들이 또 눈앞에 닥쳐오고 있었다.

렌 할머니

분이 할머니와 일행들이 렌 할머니와 만나기로 한 프놈펜의 약재
상은 프놈펜 시내 재래시장 안에 있었다. 약재상 앞의 선반에는 진귀
한 약재들이 수북이 쌓여 있었다. 그라비올라, 노니, 상황버섯 같은 눈
에 익은 약재는 물론 곤충과 동물의 박제도 눈에 띠었다. 상가 지붕에
는 '京東藥材商경동약재상'이라는 한자와 캄보디아어가 쓰여 있었고, 미닫
이 문 안으로 들어가면 긴 소파 의자가 놓여 있는 응접실이 있었다. 소
파와 의자들이 놓인 응접실 안쪽에는 값비싼 약재들을 따로 보관하
는 내실이 있었다. 미닫이 문 안쪽에는 아까부터 문밖을 바라보며 50
대 중반의 배가 불룩한 한 사내가 서성이고 있었다. 경동약재상의 주
인 박재삼. 박재삼은 누구보다 설레는 마음으로 이날을 기다리고 있었

다. 두 할머니의 만남을 주선하고 장소를 제공하는 것에 남다른 뿌듯함을 느끼고 있기 때문이었다. 본인 가게에서 역사적인 만남이 이루어진다고 한국에 있는 아내에게 한참을 너스레를 떨고서도 여전히 흥분은 가라앉지 않았다.

＊＊＊

곧이어 분이 할머니 일행은 택시 두 대에 나눠 타고 경동약재상 앞에 도착했다.

"할머니 떨리시죠? 이제 곧 만나시게 될 거예요."

차에서 내린 서인경이 분이 할머니를 부축하며 말했다.

이상하게도 분이 할머니는 떨지 않았고 담담했다. 오히려 플래시를 팍팍 터트리는 카메라가 여간 방해가 되는 것이 아니었다.

"정말 우리 금아가 맞아? 금아?"

분이 할머니는 믿기지 않는다는 듯이 물었다. 서인경은 만나보시면 서로 알아보실 거라고 몇 번이고 설명했다. 손이나 얼굴 특징을 잘 살펴보라고 하면서. 분이 할머니는 달라진 프놈펜 거리에서 조금은 이질적으로 자리를 잡은 경동약재상 어디에서 금아가 나타날지 애가 타는 마음으로 바라보았다.

"렌 할머니 오시네요!"

렌을 가장 먼저 알아본 것은 김아름이었다. 통통하고 인심 좋아 보이는 중년의 박재삼도 쉴 틈 없이 호들갑을 떨었다. 렌은 몸집이 작은 할머니로 손녀딸 메이린의 부축을 받고 있었다. 렌 할머니의 첫마디는 "쭙립 쑤어!"였다. 얼핏 보면 전혀 한국인이라고 볼 수 없는 전형적인 캄보디아인으로 보이는 외모였다. 세월이 그렇게 만든 것인지 프놈펜의 태양이 그렇게 만든 것인지는 알 수 없는 일이었다. 서인경이 분이 할머니에게 물었다.

"알아보시겠어요? 동생 같아요?"

분이 할머니는 아무 말 없이 렌을 바라보았다. 작고 옹골찬 렌의 손은 분이 할머니의 손과는 사뭇 달랐다. 못 참겠다는 듯 박재삼이 두 할머니를 재촉했다.

"두 분 한번 안아 보세요. 이게 얼마 만에 만나시는 겁니까?"

분이 할머니는 어색하게 렌에게 다가갔다. 렌 역시 어색하다는 생각이 들었다. 그러나 다음 순간 서로를 끌어안은 두 사람은 본능적으로 터져 나오는 눈물을 참을 수가 없었다. 그 순간 서로가 상대에게 누구인지는 중요하지 않았다. 흉측한 세월 칠십 년을 버텨온 한 사람에게 전하는 위로면 그만이었다. 그래서인지 두 할머니의 눈물은 쉽게 멈춰지지 않았다.

찌도은

서인경과 김아름, 그리고 두 할머니가 내실로 들어가 회포를 푸는 사이, 경동약재상 주인 박재삼과 홍창현 피디는 약재상 응접실에 앉아 있었다. 연신 손부채질을 하는 홍창현에게 박재삼이 던지듯이 툭 물었다.

"한국은 어때요? 내 가게에서 아주 역사적인 상봉이 이루어지는데……."

"뉴스 보셨잖아요. 벌집 쑤셔댄 것처럼 여기저기서 난리죠."

홍창현의 말투는 퉁명스러울 정도로 대수롭지 않았다. 기분이 살짝 상한 박재삼은 항의조로 말을 이어갔다.

"위안부 피해 할머니들이 하나 둘 돌아가시는 마당에 …… 이런 낭

보가 있으면 대서특필하고 그래야하는 거 아닙니까?"

"그래서 저희가 확인하러 온 거 아닙니까?"

홍창현의 태도는 여전히 무심할 뿐이었다.

"아이구, 이거 나라 팔아먹게 생겼수다."

박재삼은 작년 겨울 급하게 처리된 한일외교협정을 말하고 있었다. 더 이상 위안부와 관련해서 말을 하지 않는 조건으로 거액의 돈을 주고 입을 닫게 하려던 일본 정부의 시도와 그것을 할머니들에게 말도 하지 않고 수락해 버린 정부에 대한 비판이 담긴 말이었던 것이다.

"뭐 원래 협상이라는 게 그렇죠. 피도 눈물도 없는 거래일 뿐이니까요."

홍창현은 심각할 거 없다는 듯 받았다.

"미친놈들이지. 미친놈들! 나라 팔아먹을 놈들이라고. 할머니들은 쏙 빼 놓고 말이야."

홍창현은 뻔한 박재삼의 말도 듣기 싫고 더위에 짜증마저 올라오기 시작했다.

'아무나 할 수 있는 뻔한 말이 뭐 하나 바꾼 적이 있었던가' 속으로 쏘아붙이고 싶은 마음도 있었지만 그럴 수는 없는 일이었다.

"근데, 에어컨은 없나요?" 홍창현이 짜증 섞인 얼굴로 물었다.

"선풍기 돌잖아요!"

박재삼은 천정의 낡은 선풍기를 가리키며 말했다.

"저거요? 저거뿐이라니……. 아! 덥고 습하고 아주 기운이 쫙쫙 빠지네."

홍창현은 얼굴까지 붉어질 지경이었다.

열대기후, 특히 캄보디아의 날씨는 더위와 습도로 견디기 어려운 것이었다. 그러나 더워서 에어컨과 선풍기에 의지하는 것은 홍창현 같은 외국 사람들일 뿐, 현지의 캄보디아 사람들은 일 년 내내 덥고 습한 기후 속을 맨몸으로 견디고 있었다. 더위로 힘들어하는 홍창현에게 박재삼이 응접실의 천정에 널린 약재들을 가리키며 말했다.

"여기 캄보디아에 좋은 약재들 많아요. 듣도 보도 못한 약재들이 수두룩하다고. 기운 펄펄 나게 하는 약재들, 어때? 한 번 드셔 보실라우?"

그러나 홍창현의 대답은 냉담하기만 했다.

"전 아직 보약 필요 없습니다."

그러자 홍창현을 위 아래로 훑은 박재삼이 살짝 비웃듯이 말했다.

"땀을 뻘뻘 흘리는 게 필요할 거 같은데……."

"아, 안 사요!"

퉁명스레 튀어나온 홍창현의 대답에 박재삼은 무안함을 감추지 못했다.

홍창현도 어색한지 카메라를 만지며 찍은 사진을 확인하는 척 시간을 때우고 있었다.

"서로 말도 안 통하실 텐데 …… 얘기가 길어지네요."

홍창현이 내실을 기웃거리며 말했다.

"헤어져 지낸 세월이 얼마인데 쏟아낼 얘기가 어디 한 두 마디겠소? 하루, 이틀, 아니 보름을 같이 해도 모자라지."

홍창현이 그제서야 흥미가 생기는지 박재삼에게 물었다.

"그런데 박사장님은 어떻게 이 사연을 아시고 제보를 하게 된 겁니까?"

박재삼이 홍창현의 질문을 낚아채듯 반기며 말했다.

"그 얘기 왜 안 묻나 했소. 아이고, 내가 이거 쫓아다니느라고 장사도 못 하고. 카메라 안 찍어요?"

박재삼은 호들갑스레 홍창현에게 카메라를 찍으라고 하고는 종업원이자 렌 할머니의 손녀인 메이린을 불렀다. 까만 피부에 커다란 눈, 가늘고 마른 작은 체구의 앳된 아가씨 메이린이 서툰 한국말로 대답을 하며 달려왔다.

"네. 사장님!"

홍창현은 인사치레인지 진심인지 엄지를 치켜세우며 말했다.

"역시 미인이야!"

박재삼이 메이린을 소개하기 시작했다.

"이 친구가 메이린이에요. 메이린. 렌 할머니 손녀."

홍창현이 캄보디아어로 인사말을 했다.

"쑤어 쓰데이! 릭 리에이 나에 반 스꼬아 메이린?"

'안녕! 만나서 반가워요. 메이린.'이라는 뜻으로 비행기에서 급하게 연습한 캄보디아어 인사말이었다.

메이린도 어색하게 대꾸를 했다.

"쭙립 쑤어! 안녕하세요?"

메이린은 박재삼을 통해 한국말을 배운 터라 간단한 한국어 인사말 정도는 할 수 있었다.

박재삼은 홍창현의 캄보디아어 인사말에 웃음을 지으며 말을 이어갔다.

"어디서 그거 한 마디는 또 배워 왔네. 내가 경동시장에서 큰 약재상을 해서 약재 구하러 여기 자주 옵니다. 3, 4개월은 여기 있지요. 메이린이 내 프놈펜 약재상에서 일하는 점원인데 자기 할머니 얘기를 하더라고. 찌도은!"

그러자 추임새를 넣듯 메이린이 말했다.

"찌도은! 할머니!"

박재삼은 캄보디아어로 할머니를 찌도은이라고 한다고 말해주었다.

"일본군이 동아시아를 점령한다면서 중국, 캄보디아, 남태평양까지 군인들 가는 곳마다 여자들을 다 끌고 다녔잖아요. 렌 할머니도 그렇게 된 거지. 그 일본군 장교 이름이 뭐라고 했지?"

"쓰노부? 쓰노부!"

메이린은 할머니에게서 들은 쓰노부라는 일본 이름을 말했다.

"쓰노부요?"

홍창현이 묻자 박재삼이 말을 이어갔다.

"쓰노부는 이름이고 성이 있을 텐데, 할머니가 기억을 잘 못해요. 뭐 워낙 오래전 일이니까. 그 사람이 렌을 한 삼 년인가 데리고 살다가 말도 없이 가 버렸대요. 렌은 일본에 같이 따라 들어갈 줄 알았던 모양이야."

박재삼의 말을 알아듣는지 메이린이 슬픈 표정을 하며 캄보디아어로 말했다.

"찌도은, 러벗 크늄 뺏 찌아 머늣 꾸어이 아오이 아넷."

박재삼이 통역을 해 주었다.

"자기 할머니가 참 불쌍하다는 거야. …… 이 사람들 참 가엾게 살고 있어요. 헛간 같은 곳에서 여덟 식구가 메이린이 벌어오는 돈으로 먹고 살죠. 메이린, 꿈 바럼 띠앗 에이! 메이린 이제 걱정하지 마. 일이 잘 되었으니까. 할머니랑 한국 가면 잘 살 수 있어!"

박재삼은 메이린을 달래듯 말했고, 메이린은 연신 손을 모으고 고개를 숙이며 감사함을 표현했다.

홍창현이 카메라를 내리고 물었다.

"메이린이 한국에 가고 싶어 하나요?"

박재삼이 고개를 끄덕이며 말했다.

"그렇죠. 뭐. 이 나라 살기 힘든데다 한국은 동경의 대상이잖아요. 케이 팝이니 뭐니……"

메이린은 케이 팝을 알아듣고는 엄지를 치켜세웠다.

홍창현이 고개를 갸웃하며 말했다.

"그렇죠. 케이 팝이 인기죠. 그런데 사실 전 렌 할머니 처음 뵙고 놀랐습니다. 외모가 하도 이국적이어서요."

홍창현이 카메라 속의 렌을 다시 훑어보고 말을 이었다.

"딱 봐도 캄보디아 사람 같아서요."

박재삼의 표정이 굳어졌다.

"아니 그럼 우리가 거짓말이라도 하고 있다는 거요?"

"그런 건 아니지만 …… 조선에서 나고 자랐는데 우리말을 하나도 못하잖아요."

"그거야 워낙, 캄보디아에서만 칠십 년이 넘게 살았어요. 한국말 한마디 못 듣고 …… 잊어버리는 게 당연한 거지."

"그래도 부모님 이름과 본인 이름까지 잊어버린다는 게 좀⋯⋯."

박재삼이 소리를 버럭 지르며 항변하듯 말했다.

"한금이라고 했어요. 한금이! 거참,"

메이린도 영문을 모르고 한 마디 거들었다.

"한금이!"

홍창현이 냉소적으로 말을 받았다.

"한국서 오신 할머니가 찾는 동생은 한금이거든요. 한금아!"

"한금이나 한금아. 하도 오래된 일이니 잊으신 거겠지."

박재삼은 호통을 치고 돌아앉았다.

어색한 침묵이 감도는가 싶더니 홍창현이 집요하게 다시 카메라를 들고 메이린을 불렀다.

"메이린, 책임져야 할 식구들이 여덟이나 되어서 힘들겠어요? 한국 정부가 할머니한테 도움을 주면 가족들 생활이 좀 나아지겠네요?"

그 말은 들은 박재삼이 버럭 화를 냈다.

"뭐요?"

"아니, 우리나라 돈 한 십만 원이면 이 사람들 한 달 먹고 살잖아요."

"지금 그러니까 렌하고 메이린을 의심하는 겁니까? 렌이 지금 한국 정부에서 돈 뜯어내려고 이러는 거 같아?"

"뭐 그렇게 흥분하실 일은 아니고요."

"뭐가 어째? 이 사람이?"

박재삼은 흥분하여 덤벼들었고, 홍창현은 모른 척하며 슬슬 약을 올리는 투였다. 당황한 것은 메이린이었다.

"사장님 혈압! 혈압!"

메이린은 서툰 한국어로 화를 내다가 혈압이 오르면 안 된다고 어서 혈압을 낮추라며 손을 아래로 내리 젓고 있었다.

그럼에도 홍창현은 의심하는 듯한 말을 쏟아냈다.

"먹고 사는 문제 앞에 못할 일이 뭡니까?"

"이 사람이 말이면 다하는 줄 알아?"

박재삼이 핏대를 올리며 흥분을 했지만 홍창현은 메이린에게 카메라를 들이대며 촬영에 바쁜 체했다.

"거 어수선한데 카메라 좀 들이대지 마쇼. 무슨 영화를 찍나? 제장할!"

"많이 찍어둬야 그 중에 한두 장 건지는 겁니다."

"재주가 메주라 그렇지."

박재삼과 홍창현은 토라져 싸우기라도 할 듯 서로를 깎아내리고 있었다.

그때, 서인경이 내실의 문을 열고 밖으로 나왔다.

"인터뷰는 다 끝났습니까?"

홍창현이 다급히 물었고 박재삼이 핀잔을 주듯 대꾸했다.

"끝났으니 나왔겠지. 뭐 좋은 소식 있습니까?"

기대를 가진 물음에 서인경의 표정은 난감하기만 했다.

"아, 그게 생각보다 진척이 잘 안 되고 있어요. 렌 할머니, 그러니까 한금이 할머니가 많이 긴장을 하고 계시네요."

서인경은 아무래도 시간을 좀 더 가지고 진행을 해야 할 것 같다고 했다. 박재삼은 다급한 표정으로 메이린을 불러 내실로 데리고 들어갔다.

기억

    아래는 나무로 되어 있고 위쪽은 유리로 되어 내부가 약간 비치는 미닫이 문을 열고 내실로 들어간 박재삼은 두 할머니와 통역자 김아름을 데리고 다시 응접실로 나왔다. 내실보다 좀 더 넓은 응접실에서 인터뷰를 진행하기로 한 것이다. 홍창현은 이때다 싶은지 연신 카메라를 들이대며 분주히 셔터를 눌러대기 시작했다. 렌은 이 모든 게 부담스러운지 입을 다물고 사람들의 눈치만 살피고 있었다. 답답해진 것은 박재삼과 메이린이었다.

    "찌도은? 크마 멩? 르컹? 타이 먼 니예이!"

    메이린의 날카로운 목소리는 '할머니 왜 그래? 말해! 왜 말을 안 해?'라는 뜻으로, 김아름이 재빨리 통역해 주었다.

"평소 땐 안 그러신데, 오늘따라 긴장을 많이 하시네. 할머니? 찌도은?"

박재삼도 렌 할머니를 재촉했다. 그러나 렌은 여전히 입을 꾹 다물고 있었다. 서인경이 렌에게 다가와 검고 작은 렌의 손을 쥐고 물었다.

"할머니, 할머니 끌려온 게 몇 살인지 알고 싶어요. 그래야 한국서 오신 할머니하고 자매간인지 알 수 있어요."

김아름이 다소 길게 캄보디아어로 서인경의 말을 렌 할머니에게 통역을 했다. 그 말을 알아들었는지 렌 할머니는 힐끗 한분이 할머니를 쳐다보고는 눈을 돌렸다. 메이린이 답답해 하며 언성을 높였다.

"트러오 따에 능. 브러슨 바어 먼 봄플르 떼……"

'그거 밝히지 못하면 고향 못 가!'라는 외침임을 김아름이 전해주었다. 하지만 렌은 여전히 말이 없었고, 메이린은 답답함에 가슴을 쳤다.

"찌도은 아끄럭!"

메이린이 답답해 소리쳤다. '할머니 나빠!'라는 뜻이었다.

"노어 뺄 누뺄 나? 아옷 뿐만"

메이린이 '그때가 언제야? 몇 살이야?'라고 다그치듯 묻자, 렌 할머니가 마지못해 입을 열었다.

렌 할머니는 몹시 비참한 얼굴로 캄보디아에 끌려온 때가 아주 어릴 때라고 했다.

홍창현의 날카로운 질문이 송곳처럼 와서 꽂혔다.

"정확한 나이는 모르시나?"

"아 덥브람삐? 아 덤브람?"

'열일곱? 열다섯?'이냐고 묻는 메이린에게 렌 할머니는 화를 냈다.

"먼등! 따암 쨋 엥 쩟."

'몰라. 니 마음대로 말해!'

렌 할머니는 다시 입을 닫았고, 메이린은 열다섯이라고 할머니에게 들었다고 전했다. 마지못해 전하는 그 말들에 조금씩 의심이 드는 것은 어쩔 수 없었지만 그중에서 가장 의심을 한 것은 홍창현이었다.

"기억을 안 하시는 건지 …… 못 하시는 건지."

비위가 상한 박재삼은 당연한 일이라며, 칠십 년 전 일을 어떻게 그렇게 선명하게 기억하느냐고 홍창현에게 따지고 들었다. 서인경은 렌 할머니의 긴장을 풀기 위해 카메라 없이 인터뷰를 하기로 하고, 렌 할머니에게 다시 다가갔다.

"할머니, 저분이 언니가 맞는지 확인하려면 그때 나이를 알아야 해요. 한분이 할머니는 두 살 아래 동생이 있었어요."

김아름이 통역했고, 두 할머니는 다시 한 번 서로를 마주 바라보았다. 처음 서로를 끌어안고 울었을 때와는 다른 어색함이 감돌고 있었다. 렌이 입을 떼었다.

"엇 덩 다에! 엇 짬 아웃 펑."

'나이는 잘 생각이 안 나신대요.' 김아름이 통역을 끝내자 렌 할머니가 말을 더 이어 갔다.

"처음 끌려와서는 생리가 없었는데, 1년 후부터 시작되셨대요."

김아름이 통역을 마치자 홍창현이 날카롭게 물었다.

"생리가 없었던 건 확실한지 한번 물어 봐."

김아름은 홍창현의 말을 통역하려다 이것까지 통역해야 하는지 서인경을 돌아보았다.

"홍창현 피디님, 면담은 제가 합니다."

렌 할머니는 캄보디아 말로 처음엔 생리인줄도 몰랐고, 군인들이 나쁜 짓을 해서 피가 나는 줄 알았다고 했다. 박재삼은 흥분해서 씩씩거렸다.

"나쁜 놈들. 갈아먹어도 시원찮을 놈들. 여물지도 않은 애를 데려다가…"

서인경이 한숨을 푹 내쉬고 머리를 감싸 쥐었다.

"왜요? 난 도우려는 건데?"

박재삼은 영문을 모르겠다는 표정이었다.

"여물지도 않았다뇨? 지금 우린 사람 이야기를 하는 겁니다. 씨앗이나 열매 이야기가 아니구요. 안 되겠어요. 좀 더 내밀한 이야기를 해야 하니까 남자분들은 좀 빠져 주시죠."

서인경은 박재삼과 홍창현에게 더 이상 방해 말고 나가 달라고 했
다. 하지만 두 사람은 나갈 생각이 없었고, 방해를 하지 않는다는 조건
으로 남아 있게 되었다.

핏줄

인터뷰는 계속되었다. 서인경이 고향에 대해 기억나는 것이 있는지 묻자, 렌 할머니는 바다와 소금을 만드는 염전이 기억난다고 했다. 기억나는 지명을 물었을 때는 박재삼이 끼어들어 '소래'라는 지명을 전에 할머니가 말했었다며 흥분을 했다. 할머니는 소래라는 지명은 기억했지만 소래를 관할하는 인천이라는 더 큰 도시의 지명은 기억하지 못했다. 인터뷰가 진행되는 사이 홍창현은 틈틈이 분이 할머니를 살펴보았다. 분이 할머니는 렌 할머니가 동생인지 아닌지 벌써 알고 있지 않을까 짐작했기 때문이다. 그러나 분이 할머니의 표정은 그저 담담할 뿐이었다. 큰 진전이 없자 서인경은 잠깐 쉬었다 하자고 했고, 렌 할머니는 자신을 둘러싼 낯선 사람들에 대한 긴장이 조금은 풀렸는지 궁금한 것을 묻기 시작했다.

"죽지 못해 살았어. 근데 고향은 찾아 주는 거야? 저 사람이 언니가 맞는 거야?"

모두의 시선이 분이 할머니를 향했다. 박재삼이 너스레를 떨었다.

"분이 할머니! 처음에 딱 보시고 감이 왔지요? 맞지요? 그렇지요?"

거의 강요나 다름없는 질문에 분이 할머니는 선뜻 대답을 하지 않았다.

서인경이 말했다.

"분이 할머니의 동생 금아가 기다리던 사람이 있었어요. 일본군 장교."

박재삼이 그 말을 반기며 소리쳤다.

"쓰노부! 메이린이 그 일본군 장교 손녀예요."

서인경이 분이 할머니에게 물었다.

"할머니, 쓰노부라는 이름 기억나세요? 쓰노부!"

분이 할머니는 고개를 저으며, 동생이 기다리던 사람은 군의관이라고 말했다.

박재삼은 여전히 들떠서 말을 받았다.

"그럼 쓰노부가 의사였네요. 그렇죠 렌. 쓰노부가 의사였어요? 끄로벳! 쓰노부 끄로벳. 의사!"

하지만 렌은 박재삼이 왜 그렇게 흥분하는지 선뜻 이해가 되지 않는 표정이었다.

"오, 오즈, 오즈야 …… 오즈야마 상"

분이 할머니가 일본군 장교의 성을 기억해내자 박재삼은 신이 나서 줄줄이 말을 이었다.

"오즈야마 쓰노부인 거네. 렌은 뒤에 이름만 기억하고 쓰노부 쓰노부 했는데 그 앞에 성이 오즈야마인 거지. 그럼 아귀가 딱딱 들어맞잖소."

그때였다. 비명처럼 렌 할머니가 소리를 질렀다.

"쓰노부 아끄럭! 찌아 머늣 아끄럭! 쓰노부 아끄럭!"

'쓰노부는 나빠! 나쁜 사람이야. 쓰노부 나빠!'

렌 할머니는 쓰노부가 정말 나쁜 사람이라고 말했다.

***

그때, 서인경의 전화벨이 울렸다. 전화를 받는 서인경의 얼굴이 굳어지기 시작했다. 할머니들이 기대를 많이 하고 계시는데 아쉽다는 말로 전화는 끊어졌다. 홍창현이 무슨 전화냐고 물었고, 서인경은 렌 할머니와 한분이 할머니의 유전자 검사 결과가 나왔는데 자매 사이가 아니라는 소식을 전했다. 검사 결과에 가장 큰 충격을 받은 것은 박재삼이었다. 홍창현은 자기 말이 맞았다며 처음부터 예견된 결과라며 논리를 펴기 시작했다.

"딱 봐도 두 분 외모부터가 너무 달랐어요. 자매라고 보기에 는……."

박재삼은 유전자 검사가 틀릴 수도 있는 것 아니냐고 따졌지만, 서인경은 그럴 리는 없다고 딱 잘라 말했다. 모두는 두 할머니가 남남이라는 사실을 받아들였고, 그 결과에 대해 모르고 있는 것은 렌 할머니와 메이린 뿐이었다.

박재삼은 기가 막힌다며 그간의 자신의 공로와 어려움에 대해 푸념을 늘어놓았다.

"내가, 메이린 얘기 듣고, 우리 피가 흘러서. 내가, 남의 일 같지 않아서 …… 나라가 못하는 일을 내가 …… 애국한다 생각하고 기를 쓴 건데 …… 무슨 사기꾼 취급이나 하고."

홍창현을 겨냥하고 한 말이었다. 홍창현은 자기가 언제 그랬냐고 펄쩍 뛰었다. 박재삼은 볼일 다 끝났으면 다들 나가라고 소리까지 질렀으나 할머니들까지 내쫓을 수는 없자, 자신이 화가 나서 가게를 비우고 나가 버렸다.

그제야 뭔가 상황이 잘못되고 있다고 생각한 메이린이 박재삼을 쫓

아나갔다 되돌아왔다.

"고향 찾기는 벌써 끝난 건가요? 안 좋은 소식인가요?"

묻는 메이린에게 김아름도 서인경도 무슨 대답을 해 줄지 몰라 당황할 수밖에 없었다. 렌 할머니도 이상한 분위기를 느꼈는지 다급하게 말을 이었다.

"내가 다 말할게. 내가 다 말하면 고향 찾아주는 거죠? 메이린 그런 거지?"

모두가 렌 할머니와 그 말을 통역하는 김아름에게 주목했다.

"쓰노부 …… 나에 싸 따에 께 떠웁 노어 띠닛……"

"쓰노부 …… 그 사람 때문에 여기 남았어. 3년만 같이 살다가 일본으로 함께 가자고 해서. 그렇게 믿었는데, 우릴 배신했어. 일본 놈이지만 쓰노부를 믿었어요."

렌 할머니는 서인경에게 다가와 손을 잡으며 무릎까지 꿇고 애원하듯 말했다.

"크늄 쩡 루어, 뚜어 바이 브라어 위티 나 꺼 더아오……."

김아름이 통역을 계속했다.

"살고 싶으셨대요. 무슨 수를 써서라도 여기에서 꼭 살아남아야 했다고 하시네요."

한분이 할머니가 렌 할머니에게 다가왔다. 한분이 할머니는 렌 할머니의 손을 잡아 자기 가슴에 끌어와 소중히 안아 주며 말했다.

"그만, 그만! 이제 그만! …… 그만해도 돼!"

홍창현이 찬물을 끼얹듯 분위기를 깨며 분이 할머니에게 물었다.

"알고 계셨죠? 동생이 아니란 거 처음부터 알고 계셨던 거죠? 처음 만났을 때 바로 아신 거 아닌가요?"

서인경이 예민하게 홍창현을 쏘아보며 말했다.

"홍 피디님! 왜 이래요? 지금 할머니를 취조하는 거예요?"

홍창현이 한숨을 몰아쉬며 말했다.

"지금 여기서 벌어지는 일에 서울에서도 관심이 많습니다. 할머니들의 만남이 눈물겨운 비극적 역사 때문이 아니라 한 탐욕스런 캄보디아 할머니의 자작극이라면 파장이 크겠죠?"

"탐욕이요? 여기 뭐가 탐욕이라는 거예요? 피디라 드라마틱한 픽션 좋아하는 건 알겠지만, 적어도 언론인이라면 정확한 언어로 상황을 전달해야죠?"

홍창현과 서인경의 언쟁은 계속되었다.

"이게 여론입니다. 이 사건을 바라보는 한국 사람들의 시선이라구요."

"글쎄요. 그건 홍 피디의 편향된 시선이겠죠. 시청률만 생각하는."

서인경은 홍창현의 질문에 대해 불쾌감을 감출 수 없었다.

"거짓말 하는 거 같지 않아. 보니까 그래. 보니까."

분이 할머니가 말했다. 분이 할머니뿐만이 아니라 김아름도 서인경
도 같은 마음이었다. 렌 할머니가 거짓말을 하는 것 같지는 않았다.

낙원

다음 날, 일행은 프놈펜 거리에 있는 한 누추한 목조건물 앞에 모였다. 옛날에 위안소로 쓰였었다는 바로 그 장소였다. 통역을 맡은 김아름은 왜 이곳까지 할머니들을 데리고 왔는지 이해할 수 없다며 불만이 가득했다.

"이건 사전에 약속된 게 아니잖아요. 꼭 이렇게까지 해야 증명이 되나요? 무슨 현장검증이에요?"

서인경은 김아름에게 통역만 해주면 된다며 말을 잘랐다.

"우리만 보면 되잖아요. 왜 할머니들까지 모시고 와요? 자매가 아니라 그런 거예요?"

김아름이 다시 따지고 들자 서인경은 깊은 한숨을 쉬며 말했다.

"그래. 다 의심하고 있어서야. 다! 렌 할머니가 한국 사람은 맞는지……. 위안부 피해자인 건 맞는지. 유전자 검사 결과 하나로 모든 게 다 의심받고 있어. 캄보디아에도 한국인 위안부가 있다고 떠들어대던 언론이 이젠 렌 할머니가 거짓말쟁이인지 아닌지 그걸 검증하라고 난리를 쳐대고 있다고."

김아름이 헛웃음을 지었다.

"기자회견을 요구하고 있어. 렌 할머니가 거짓말을 한 건지 아닌지. 난 신뢰가 갈 만한 답을 줘야 하고. 그래서 이곳으로 오게 된 거고."

그때다. 박재삼이 호들갑을 떨며 사람들을 안내하며 들어오고 있었다.

"빨리 안 들어오고 뭐 합니까? 빨리 현장을 봐야 안하겠습니까? 어서요!"

서인경은 김아름의 어깨를 툭툭 두드리며 일행에 합류하려 걸음을 옮겼다. 허름하고 누추한 여관은 지금은 가난한 사람들의 주거 터로 쓰이고 있었다. 곳곳에 빨래들이 널려 있고, 조악한 살림살이들이 가득한 입구를 지나자 텅 비어있는 음습한 공간이 드러났다. 박재삼은 발을 조심하라며 먼저 들어서서 안내하듯이 말했다.

"자자, 여긴 꼭 보셔야 해요. 이거야말로 산 교육인데 …… 캄보디아 하면 그저 앙코르와트나 보려고 하지 이런 곳이 있다고 생각들을 하나?"

"이런 끔찍한 데를 오고 싶어 하겠어요? 냄새나고 흉가 같은 데를."

홍창현은 고개를 내저었다.

"유태인들이 학살된 아우슈비츠는 전시관으로 만들어져서 세계인들에게 다 보여주는데 …… 우리나라도 그렇게 하면 좀 좋겠소?"

박재삼의 말이 틀린 것은 아니었지만 선뜻 그럴 수 있으리라 기대하는 사람들은 없었다.

"여기가 예전에 위안소로 쓰였던 여관이에요. 일본군이 떠난 뒤에는 가난한 사람들이 세도 얻어 살고 그랬대요. 이젠 흉물이 다 되어서 곧 헐릴 거랍니다. 한국 방송국에서 나왔다고 내가 사정을 하니 보게 해 주는 거예요."

박재삼은 자신이 얼마나 애를 쓰고 노력을 했는지 꼼꼼히 얘기했다.

"캄보디아어로 여길 부르는 말이 따로 있나요?"

홍창현이 물었다.

"그건 모르겠소. 그냥 일본인 유곽이라고만 했대요. 이곳 사람들은……."

"라꾸엔!"

서인경이 말했다.

"라꾸엔, 낙원이요?"

홍창현이 놀라 되물었다.

"파라다이스. 지상낙원. 파렴치한 이름이죠. 피해자들에겐 생지옥이 일본군들에겐 낙원이라니……."

서인경이 자조하듯 중얼거렸다.

흉물스럽다는 표현이 꼭 맞게 낡은 건물에는 일본식 목조 다다미방의 골조가 아직도 남아 있었다. 김아름은 지옥이라는 표현을 썼다.

"좀비 나오겠어요. 완전 헬이네. 헬!"

그러나 정작 더 충격을 받은 것은 렌 할머니와 분이 할머니였다. 그토록 벗어나려고 칠십 년 동안이나 몸부림쳐 온 장소로 오게 되었기 때문이다.

홍창현이 사무적으로 박재삼에게 물었다.

"전에 여기 와 보신 적은 없으시고요?"

"내가 뭐하려고 여길 옵니까?"

"현지에 능통하시니 여쭤보는 거죠."

"꿈에라도 나올까 무섭수다."

그때, 렌 할머니가 발을 헛디뎌 휘청했다. 메이린과 김아름이 다급히 할머니를 부축했다. 렌 할머니는 팔을 휘저으며 비명을 지르듯 소리쳤다.

"스엽! 스엽! 스엽!"

싫다는 말이었다. 렌 할머니의 모습은 불안으로 몹시 떨리고 있었다.

분이 할머니도 불안하기는 마찬가지였다.

"여기가 라꾸엔? 다 무너져 없어진 줄 알았는데 …… 폭격으로 자취도 없이 깡그리…. 왜 없어지지 않고 그대로 있어. 왜?"

할머니의 황망함을 보며 서인경이 질문을 시작했다. 증거가 될 뭔가를 꼭 찾고야 말겠다는 의지 같은 게 있었다. 기억의 고리, 묻힌 진실 같은 게 분명히 있을 장소였다.

"할머니, 여기 들어오시니 뭐가 생각나지 않으세요? 여기, 할머니가 붙잡혀 계시던 곳인데, 할머니!"

서인경이 한분이 할머니의 팔짱을 끼려 팔을 잡자 소스라치게 놀란 할머니가 격렬히 저항했다.

"이거 놔요. 이거 놔!"

하지만 서인경은 집요하게 질문을 이어갔다.

"할머니, 뭐가 떠올라요? 기억해 보세요. 할머니."

"이거 놔!!"

분이 할머니는 소리를 질렀다.

"할머니한테 왜 이래요?"

김아름이 서인경에게 따지듯 물었다. 상처받은 사람에게 어서 상처를 드러내라고 하고 있는 서인경이 김아름의 시선에서는 너무도 잔인하게 느껴졌다.

"천하의 나쁜 놈들! 총칼 들고 복도에 딱 지키고 앉아서."

박재삼의 말을 알아듣기라도 한 듯 렌 할머니가 울부짖으며 말했다.

"꾸어 아오이 끌랏. 오또상!"

서인경이 렌 할머니의 말을 통역하라고 손짓을 했고, 내키지 않았지만 김아름이 통역을 했다.

"정말 무섭고 지독했어. 오또상!"

박재삼이 오또상이라는 말을 알아듣고 혀를 찼다.

"오또상? 아버지. 참 버러지 같은 놈들. 포주 노릇이나 하면서 아버지라니……."

분이 할머니는 나가야겠다며 노여워 소리치고 있었다.

"나갈래. 나가야겠어."

그때였다. 메이린이 기대고 있던 의자가 쿵 소리를 내며 내려앉아 메이린이 쓰러졌다. 쿵 소리가 얼마나 컸던지 한분이 할머니가 나가려다 그 자리에 그대로 주저앉아 버렸다.

언니

"문은 잠겼다. 이년아. 시키는 대로 해! 가슴을 만지게 두란 말이야.
다리를 넓게 벌리고. 정성을 다하란 말이야. 그렇지. 군인들을 즐겁게
해드려! 군인들이 온다. 준비해!"

오또상이 위안소 문을 밖에서 잠그며 늘상 하던 말이었다. 쾅 소리
가 나는 순간 분이 할머니는 그 무서웠던 오또상을 떠올리게 되었다.
분이 할머니와 렌 할머니는 눈앞에 오또상을 보기라도 하는 듯 벌벌
떨고 있었다.

"반하이! 반하이춥! 크눔 꺼 찌아 머눗다에. 찌아 머눗 더읏 뿌어
아엥 다에!"

렌 할머니가 캄보디아어를 중얼거리더니 고함을 질렀다. 서인경이

김아름에게 물었다.

"뭐라고 하시는 거야?"

김아름이 통역했다.

"그만 하라고요! 그만! 나도 인간이야. 너희 놈들과 같은 사람!"

"반 하으이 춥!"

렌 할머니는 그만 하라는 뜻의 캄보디아어를 몇 번이고 비명처럼 내지르고 있었다.

어디선가 다시 쿵하는 소리가 들려왔다. 렌 할머니를 부축하러 가다 건드린 의자가 다시 쿵하고 밀려 떨어진 것이다.

"군진 다찌가키떼루, 준비시로! 그 소리가 들리면 지옥문이 열렸다. 지옥문이."

오또상의 목소리가 생생하게 들려오는 환청에 분이 할머니가 고통스럽게 귀를 막으며 소리쳤다.

"거기서 …… 거기서 처음 남자 몸을 봤어. 여자 형제만 있어서 한 번도 본 적이 없었어. 막무가내로 막 밀고 들어왔어. 바카야로! 바카야로! 욕을 하면서."

렌 할머니는 그 말을 알아듣는 것처럼 비명을 지르며 캄보디아어로 고통스럽게 말을 이어 갔다. 담담히 통역을 하는 김아름도 괴로운 듯 보였다.

"자꾸 기절을 하니까 팔에다 아편을 놓아. 그럼 늘어진 몸에 올라타는 거야. 그놈들은 악마야! 그렇게 당한 걸 아무에게도 말을 못 했어. 전쟁이 끝나니까 여기 캄보디아 사람들이 우릴 다 죽이려고 해. 일본 놈한테 붙어먹은 창녀라고. 조선 창녀!"

눈물범벅이 된 렌 할머니를 홍창현은 카메라에 고스란히 담았다. 할머니에게 다가가려는 메이린을 제지하며 카메라는 렌 할머니를 클로즈업했다. 렌 할머니가 카메라를 보며 노기를 띠고 소리쳤다.

"니악 먼 등떼. 먼 다에 렁 그루어 먼 등 떼."

김아름이 홍창현에게 화를 내듯이 통역을 했다.

"당해보지 않고는 몰라. 당신들은 모릅니다."

그제야 카메라를 내리는 홍창현이었다.

분이 할머니가 따지듯이 서인경에게 물었다.

"여기에 왜 우릴 데리고 왔어? 왜?"

그 순간, 렌 할머니가 한분이 할머니를 바라보더니 천천히 다가와 말했다.

"언니! …… 언니! …… 언니!"

분명한 한국어였다.

한분이 할머니도, 서인경과 홍창현, 박재삼도 모두 놀란 얼굴이 되었다.

"언니?"

분이 할머니가 되묻자 렌 할머니가 크게 고개를 끄덕였다.

서인경이 김아름에게 다급하게 말했다.

"언니가 무슨 뜻인지 아시냐고 물어 봐."

김아름이 즉시 통역했다.

"언니! 언니 민느이 타머잇 넝엇?"

렌 할머니는 연신 "언니! 언니!"라는 단어만을 되풀이했다. 대답을 준 것은 메이린이었다.

"할머니 언니 알아. 할머니 거짓말 안 해입니다. 할머니 한국 사람입니다. 할머니 거짓말 안 해. 정말요."

서툰 한국어를 써가며 메이린은 할머니가 '언니'라는 단어를 알고 있다고 말했다. 박재삼은 메이린도 할머니도 거짓말을 안 한다고 이런 일로 어떻게 거짓말을 하겠느냐고 감격하며 말을 더했다.

홍창현이 카메라를 가방에 넣으며 말했다.

"렌 할머니가 위안부였던 건 확실하군요."

"조선 사람인 것도 확실하지요. 언니라는 말을 기억하잖아요!"

박재삼이 확신을 가지고 대구했다. 하지만 홍창현은 냉정하게 잘라 말했다.

"이걸로는 부족합니다. …… 안타깝지만 세상은 좀 더 확실한 증명을 원해요."

서인경도 동의하는 듯 침묵했다. 렌 할머니는 여전히 언니라는 말
을 하며 분이 할머니의 손을 꼭 잡고 있었다.

고향

다음날 일행은 오후 늦게 공항에 도착했다. 프놈펜 공항은 습기와 더위로 인한 연무에 싸여 있었다. 그러나 일행이 머물고 있는 귀빈실은 쾌적했다. 다만 견디기 힘들 만큼 고요와 적막이 사람들을 괴롭히고 있었다. 잠시 후 메이린과 렌이 김아름의 안내를 받으며 귀빈실로 들어왔다.

"어머나, VIP룸은 처음이네요. 피디님이 힘 좀 쓰신 건가요?"

김아름이 적막한 분위기를 깨며 말했다.

"뭐, 그런 게 있어. 어서들 오세요."

홍창현이 반갑게 맞았다.

렌 할머니와 메이린을 보자 한분이 할머니가 물었다.

"영 같이 갈 방법이 없는 거야? 그렇게 고향에 가고 싶다는데……."

홍창현이 두 손을 모으며 캄보디아 식 인사를 해 보였다.

"쫍립쑤어, 찌도은."

렌이 알아듣고 "쫍립쑤어"라며 응답했다.

"안녕하세요? 할머니. 이거 익히는 데 몇 초나 걸렸을 것 같아요?"

홍창현의 말에 김아름이 발끈했다.

"그럼, 피디님은 할머니하고 메이린이 거짓말을 하고 있다고, 그렇게 생각해요?"

"내가 그렇다는 게 아니라 …… 그만큼 빈약한 증거라는 거야. 언니라는 단어 하나로 조선 사람이라고 보기에는, 할머니는 외모도 이국적이고, 기억도 오락가락하시고."

홍창현이 설명을 늘어놓았다.

김아름은 여전히 뭔가 억울한 태도를 굽히지 않고, 그걸 왜 할머니가 증명해야 하냐고 따지고 들었다. 서인경이 정리하듯 말했다.

"여기까지가 우리가 할 수 있는 일입니다. 우린 렌 할머니가 한분이 할머니 동생 금아인지 아닌지 그걸 확인하려고 온 거니까. 캄보디아에서 우리 일정은 끝난 거예요."

냉정한 서인경의 말에 김아름이 억울한 듯 말했다.

"이렇게 돌아가 버리면 렌 할머닌 어떻게 살아요?"

"한국에 할머니 가족이 있어서 생물학적으로 증명해주지 않는 이상 안 돼!"

서인경이 잘라 말했다.

"한국 사람이 아닌 위안부 피해자는 관심조차 없죠? 여기 있는 우리가 다 봤잖아요. 우리가 증인인데."

김아름이 핏대를 세웠다.

"안타깝지만 이게 우리 현실이야."

서인경이 못을 박듯 말하자 김아름이 "완전 얼음장이네!"라며 대구했다.

"냉정하다고 해도 할 수 없어요. 도쿄에 가서 남은 일정을 마쳐야 돼."

서인경은 말을 마치고 렌에게 다가가 손을 잡고 앉았다.

"할머니, 저희는 돌아가요. …… 언제일지는 모르지만 …… 또 만나요. 프놈펜에서 한국 멀지 않으니까 …… 할머니, 건강하세요."

렌 할머니는 서인경의 말을 알아듣지는 못했지만 고개를 연신 끄덕이며 서인경의 손을 쓰다듬고 볼에 비볐다.

"쏨 어쿤. 쏨 어쿤."

연신 감사의 인사를 중얼거렸다. 옆에 서 있던 메이린이 안타까워 서툰 한국어로 말했다.

"선생님, 할머니, 고향 가고 싶어. …… 죽으면 못 가. …… 고향 가고 싶어. 한국. 정말요!"

서인경은 그저 말없이 메이린을 안아주었다. 메이린은 굳은 얼굴로 어색하게 서 있었다. 한분이 할머니도 마음이 쓰였던지 메이린을 불러 안아주었다.

답답하다는 듯 김아름이 짜증스레 말했다.

"뭐가 이렇게 복잡해? 비행기로 다섯 시간이면 갈 수 있는 고향인데……. 이렇게 그냥 가버릴 거면 할머니 위안소에는 왜 데리고 간 건데요? 그냥 막 괴롭히려고 데리고 가셨나? 렌 할머니 버리고 간 일본군이랑 다를 게 하나도 없잖아요."

서인경에게 들으라고 하는 말이었다.

"모든 일에는 절차가 있으니까. 그냥 무턱대고는 안 돼. 위안부로 등록이 되어야 항공비라도 지원이 되고, 그래야 모셔갈 수 있어."

서인경의 진심이고 솔직한 심정이었다.

"그러니까 결국 돈이야. 돈. 자본주의에서는 봉사도 다 돈으로 하는 거니까."

삐딱하게 치고 들어온 것은 홍창현이었다. 그러자 서인경이 무슨 말을 하고 싶냐는 듯 홍창현을 보고 말했다.

"당연하죠. 세상에 마음만 가지고 할 수 있는 일은 없어요. 단 한

가지도."

"네, 맞습니다. 당연하죠. 충분히 이해합니다."

이번에도 홍창현은 삐딱하게 나왔다.

"무슨 얘기를 하고 싶은 거죠?"

예민하기는 서인경도 마찬가지였다.

"난 할머니들을 위해 사명감을 갖고 일해요. 감상에 빠져 현실감각을 잃지는 않습니다. 누구처럼 시청률이나 올려보려고 진실을 과장하거나 호도하지 않아요."

그러자 홍창현은 비웃듯 웃으며 말했다.

"할머니들을 위해서, 할머니들을 위해서. 좀 식상하네요. 그렇게 할머니들을 위하면서 왜 렌 할머니는 일말의 망설임도 없이 버려두고 가는 겁니까?"

버려둔다는 말이 서인경을 자극했다.

"홍 피디가 무슨 자격으로 그런 말을 하죠? 할머니들 유전자 결과가 일치하지 않는다고 렌 할머니와 메이린을 거짓말쟁이 취급한 게 누군데? 탐욕스런 사기극이라면서요?"

"난 합리적인 의심을 한 것뿐입니다. 근데 할머니들 증언을 채록하는 이유가 뭡니까? 할머니들 사연에 끌리는 진짜 이유가 뭐죠?"

홍창현은 한번 해보자는 듯 덤벼들었다.

"이건 성범죄예요. 일본이 저지른, 성폭력 사건이 일어났을 때 가해자가 순순히 인정하는 거 봤어요? 피해자가 증명해내지 못하면 범죄 자체가 성립이 안 돼요. 그래서 증언이 필요한 거고."

"단지 그것뿐이라고요? 아니죠. 이용할 만한 가치가 있으니까. 여성학자로서 탐나는 연구 과제니까. 그럴싸하게 포장했지만 결국 그거잖아요. 좀 솔직해 봅시다. 렌 할머니, 한분이 할머니의 비극이 논문 주제고, 다큐멘터리 소재예요. 일입니다. 돈벌이! 그러니까 돈이 끊기면 그대로 끝, 멈추는 거잖아요. 당신이나 나나 속물 아닙니까?"

홍창현은 서인경의 폐부를 제대로 찌르고 들어왔다. 서인경은 화가 머리끝까지 치밀었다.

"내가 나 좋자고 할머니들을 이용한다는 건가요?"

"사람이 다 그렇죠. 처음부터 한분이 할머니의 캄보디아 방문에는 조건이 걸려 있었잖아요. 도쿄에서 증언을 해야 한다는 조건."

서인경은 더 흥분했다.

"비행기는, 숙소는, 그 모든 비용을 대는 단체에 난 책임을 느껴요. 내가 할머니를 통해 이익을 갈취한다구요? 내가요? 내가 무슨 일본군이라도 된다는 겁니까?"

홍창현이 답답하다는 듯 서인경을 바라보며 말했다.

"그렇게 감정적으로 받아칠 게 아니라, 구체적이어야죠. '사과하라!

사과하라!' 구호만 외치고 있으면 뭐가 되나?"

서인경은 참을 수 없는 지경이 되어 쥐고 있던 여권과 비행기표를 바닥에 내던졌다.

"당신! 그런 구호라도 외쳐 봤어?"

김아름이 여권을 주우며 둘에게 경고하듯 말했다.

"여기 남의 나라 공항이에요. 에티켓 좀 지켜 주세요."

서인경은 수년간 할머니들을 만나고 고통을 함께 한 시간을 부정당하는 것 같아 미칠 것 같았다. 홍창현이라고 그런 시간들의 중요성을 모르지 않았다. 그러나 졸속으로 위안부 협정이 이루어지는 마당에 단체의 대응이 너무 미온적이라 답답한 생각이 든 것이다. 서인경이 차분히 말을 이어 갔다.

"위안부 피해자 문제의 해결이 돈 몇 푼의 협상물이라고 생각하세요? 할머니들이 왜 이십오 년 동안 장기 집회를 하는 건데요? 할머니들이 원하는 건 일본 정부가 국가적 범죄에 대한 법적 책임을 지고 진심어린 사과와 반성을 하라는 겁니다."

홍창현은 답답했다.

"진심? 참나. 일본이 얼마나 교묘하게 활동하는데요. 소녀상 설치를 막고, 국내 학자들을 후원해서 그들 입맛에 맞는 책을 써내고, 신친일파들이 차고 넘친다는 소리도 못 들어 봤습니까?"

하지만 서인경은 확고했다.

"그러니까 기록해야죠. 저는 기록하는 사람이에요. 기억하고 기록해서 다시는 이 잘못된 역사가 되풀이되지 않도록 해야죠. 칠십 년 전 위안소에 끌려갔던 소녀들이 이제는 구십대예요. 자고 나면 한 분, 한 분 역사의 증인들이 무덤으로 가고 있는데 …… 그 동안 우린 아무것도 바꾸지 못했어요. …… 우리에겐 시간이 없어요. 할머니들 생전에 한 분이라도 더 증언을 해야 하는 이유가 바로 이겁니다!"

핏대를 올리는 서인경의 말에 렌 할머니가 겁을 먹고 움츠러들었다. 렌 할머니는 잘못한 것도 없는데 사과를 하듯 연신 고개를 숙이며 하나의 문장을 되뇌듯 간절하게 말했다.

"츠무어 러벗 크늄 끄 한금이."

금이

"츠무어 러벗 크늄 끄 한금이."

'내 이름은 한금이입니다.'라는 말이었다. 칠십여 년의 시간을 캄보디아에 살면서도 잊을 수 없던 자신의 이름 한금이. 고향에서 온 사람들에게 렌 할머니는 간절하게 '내 이름은 한금이입니다. 내 고향을 찾아 주세요!'라고 외치고 있었던 것이다. 그 모습에 울화가 치밀어 오른 것은 분이 할머니였다.

"다 집어치워! 증언이고 나발이고 다 때려치워! 너희도 우리를 깔보는 거 아니야. 그놈들 똥통만도 못하게 살았다고. 난 안 간다! 못 가! 일본이고 미국이고 아무데도 안 가. 이 개만도 못한 종자들아! 이 염병할 것들아!"

분이 할머니가 욕까지 쏟아내는데도 렌 할머니는 "츠무어 러벗 끄늄 끄 한금이"라 말하며 연신 머리를 조아렸다. 메이린이 화를 내며 렌 할머니를 잡아끌었다.

"찌도은! 반 하잇! 따오 따오. 따오 프떼아."

'할머니, 그만해! 가자! 우리 집에 가자!'라는 말이었다.

렌은 고개를 끄덕이며 밖으로 나서려다 고향에서 온 사람들을 돌아보았다. 렌 할머니는 메이린의 말처럼 고향집에 가고 싶었다. 저들은 모르겠지만 렌은 정말로 고향집에 가고 싶었다. 죽기 전에 부모님과 살던 진짜 고향에 가고 싶었다.

까만 얼굴에 가늘한 체구로 고향에서 온 사람들을 바라보며 렌 할머니의 눈에는 어느새 물기가 어렸다. 할머니는 창밖으로 지는 붉은 열대의 태양을 보며 캄보디아어로 말을 이어갔다. 렌 할머니를 본 이래로 가장 긴 문장의 말들이었다. 나중에 김아름이 그 뜻을 통역해 주었는데 아래와 같은 내용이었다.

"가고 싶어. 진짜 내 집, 진짜 내 고향에 가고 싶어. 이 나라는 우리 고향하고 같은 게 하나도 없었어요. 산에 나무도 고향에서 보던 나무가 아니고, 들에 핀 꽃도, 짐승도 같은 게 하나도 없었어. 꼭 하나 닮은 게 해질녘 붉게 물든 하늘이야. 어릴 적 엄마 등에 업혀 올려보던 하늘. 들에서 일을 하다가도 해가 넘어갈 때 하늘을 보면 난 그냥 주저앉

앉어. …… 가슴이 뜨거워지고 목이 메어서 …… 내 나라 말이 하고 싶은데 아는 거라곤 내 이름뿐이야. 츠무어 러벗 끄늉 끄 한금이, 츠무어 러벗 끄늉 끄 한금이…."

일행이 알아들은 말은 마지막 "츠무어 러벗 끄늉 끄 한금이" 뿐이었다. 자신의 이름이 한금이라는 것. 칠십여 년이 넘는 이국에서의 지옥 같은 삶이 주마등처럼 흘러가며 자기 나라 말조차 잃어버린 렌 할머니는 차마 밖으로 내뱉지 못한 진짜 속내를 "츠무어 러벗 끄늉 끄 한금이"라는 말에 담아 내뱉고 있었다. 그 말은 '내 이름은 한금이입니다. 제발 내 이름을 불러주세요. 내 고향으로 데려가 주세요.'하는 소망의 말이자 주문과도 같은 말이었던 것이다.

메이린의 부축을 받으며 렌 할머니는 계속해서 내 이름은 한금이라고 되풀이하면서 귀빈실을 나갔다. 김아름이 따라 나가 메이린에게 인사를 전했다. 서인경은 엉망이 된 기분으로 의자에 앉았다. 김아름이 축 쳐져서 들어왔다.

"메이린은 그래도 자기 할머니를 찾아와 줘서 고맙다고 하네요. 렌 할머니를 모셔가지도 못하는데……."

서인경은 스스로에게 다짐하듯, 한분이 할머니에게 다짐하듯 단호하게 말했다.

"그러니까 도쿄 가서 잘 해야 돼. 잘 해야 돼요. 할머니."

그러나 한분이 할머니는 만사가 귀찮다는 표정으로 안 간다고만 했다.

"일본은 니들끼리 가라! …… 난 안 간다! 저이는 끝내 고향 땅 못 밟고 죽을 거야. …… 아이고 우라질 놈의 팔자 …… 안 가! 못 가!"

"증언을 듣겠다고 해 놓고 번번이 취소되고 미뤄지고 있어요. 그나마 양심 있는 일본 사람 몇몇이 자기네 땅에서 할머니들 목소리를 듣겠다고 마련한 자리예요."

하지만 한분이 할머니는 퉁명스럽게 대구했다.

"거기 가서 뭐 좀 지껄인다고 뭐가 달라지나? 그놈들이 얼마나 무서운 놈들인데 …… 얼마나 교활한 놈들인데……."

그럴수록 서인경은 결연하고 고집스럽게 말했다.

"그러니까 해야 돼요. 꼭! …… 할머니 동생 찾는 일도 포기하지 말구요. 네?"

하지만 한분이 할머니는 말문을 닫아 버렸다. 여독으로 인한 피로도 겹쳐 아무것도 하기 싫은 때문이기도 했다. 어색하게 카메라를 만지작거리던 홍창현이 창밖의 연무를 보며 말했다.

"안개가 점점 심해지는데, 갈 수 있으려나 모르겠네요."

창밖의 안개를 바라보는 사람들의 마음이 착잡해져 왔다. 고향을 그렇게 그리워하는 렌 할머니를 도울 수 없는 현실도 안개가 낀 것 같고, 도쿄에서의 증언을 거부하는 한분이 할머니의 마음에도 짙은 안개가 끼어 있는 것처럼 답답했다. 그런 그들의 마음처럼 공항을 둘러싸고 있는 안개는 비행기의 발조차 묶어 놓고 있었다.

꽃분이

안개로 덮인 공항의 풍경을 말없이 바라보던 일행 중 먼저 침묵을 깨고 말을 꺼낸 것은 김아름이었다.

"쓰노부 어떤 사람일까요? 렌 할머니하고 살았다는 그 일본군 장교 있잖아요. 그 사람 성만 알 수 있다면 혹시 렌 할머니를 한국에 보내 드릴 방법이 있지 않을까요?"

서인경도 그럴 수만 있다면 방법이 생기겠다 싶었다.

"그러게. 그 사람이 할머니하고 캄보디아에 살았던 것만 밝혀지면 할머니 국적이며, 위안부 등록도 되고, 그 사람 실체만 파악되면……."

김아름이 한분이 할머니에게 다가가 앉으며 적극적으로 물었다.

"할머니 혹시 기억 안 나세요? 옛날 그 부대 사람들 중에, 일본군 장교."

"몰라! 뭣하러 그것들을 기억해? 그놈들을 …… 그 쳐 죽일 놈들을……."

기억에 없다면서도 한분이는 그 옛날을 떠올리기 시작했다.

"할머니, 캄보디아 그 부대에 있었어요? 쓰노부 말이에요."

서인경도 할머니에게 말을 걸었다. 그 옛날을 기억해 내려 애썼기 때문일까? 카메라를 들고 성큼 성큼 다가오는 홍창현의 모습이 한분이 할머니에게 일본군으로 보이기 시작했다. 분이 할머니에게 홍창현이 입고 있는 황토색 바지와 주머니가 많은 야상, 어깨의 장식은 영락없는 일본군 장교의 모습으로 보였다. 움찔 놀라는 할머니에게 홍창현이 손을 얹자 화들짝 놀란 한분이 할머니가 일본어로 욕을 내뱉었다.

"뎃데이케! 바카야로!"

'저리 가!'라며 욕설을 내뱉고는 휘청거리며 쓰러지려는 할머니를 홍창현이 부축했다.

"왜 이러세요? 할머니!"

"군진 다찌가키떼루, 준비시로! 그 소리가 들리면 지옥문이 열렸다. 오또상!"

오또상을 외치며 몸을 숨기는 분이 할머니는 이미 기억 속 세계로 빠져들고 있었다.

***

"오소이 하나코, 오소이! 군진 다찌가키떼루, 준비시로!"

상의는 조끼만 겨우 걸치고, 하의는 일본 군복을 입은 오또상이 이렇게 말하며 어서 오라고 손짓을 하고 있었다. 한분이는 저절로 몸서리가 처짐을 느꼈다.

그때였다. 붉은 무명 치마를 입고 슬픈 표정으로 노래를 부르고 있는 금아가 보였다.

"오오키나 쿠리노 키노시타테 …… 아나타또 와따시 …… 나까요꾸 아소비 마쇼. 오늘이 그날이야. 오오키나 쿠리노 키노시타테"

"금아 …… 우리 동생이 생생해 …… 금아."

분이 할머니가 의자에 주저앉으며 말했다.

"금아가 기다리던 사람이 있었어."

분이 할머니의 눈앞으로 금아가 노래를 부르며 지나가고 있었다.

"그 사람이 올 거야. 날 데리러 오기로 했어. 그 사람은 의사. 오즈야마. 오즈야마 쇼군!"

금아는 다시 노래를 부르며 어딘가로 사라졌다.

한분이 할머니가 잠에서 깨듯이 기억에서 깨어나며 말했다.

"오즈야마 쇼군이었어. 금아가 기다리던 사람, 그 군의관."

서인경이 물었다.

"이름이 기억나신 거예요?"

"그날 밤 …… 나도 오즈야마를 …… 만났었어."

분이 할머니는 밀고 들어오는 기억에 혼란스러워 주저앉으며 공포로 움츠러들었다.

"다카하시 … 다카 … 다카하시"

분이 할머니는 다카하시라는 이름을 말하고는 주저앉아 혼돈으로 빠져들었다. 서인경과 김아름이 "할머니! 할머니!" 불렀지만 이미 그 소리는 들리지 않았다. 한분이 할머니의 눈에는 오또상의 호통만이 또렷이 들려왔다.

"게으른 조센삐! 게으름을 피우면 저녁밥은 없다. 군인들이 오고 있어. 준비해!"

듣기 싫은 소리에 도리질을 쳐 보지만 그럴수록 선명하게 군홧발 소리가 들려왔다. 1945년 8월의 캄보디아 낙원위안소에 돌아온 듯한 환상이 점점 실제가 되어 가고 있었다. 위안소 작은 방 침상 앞에 숨듯이 쪼그리고 있는 꽃분이가 보였다. 분이 할머니는 꽃분이를 보자 다급하게, 그러나 누가 들을까 두려워하며 은밀하게 소리쳤다.

"뭐하고 있어? 어서 도망쳐!"

하지만 꽃분이는 분이의 목소리를 듣지 못했다. 이 모든 것은 사실 분이 할머니의 기억이니까 당연한 일이었다. 분이 할머니는 그럴수록 더 안타까워 꽃분이에게 소리쳤다.

"어서 도망치라니까. 시간이 없어. 그놈들이 올 거야."

꽃분이는 여전히 듣지 못했다. 그리고 '삐익' 이음새가 안 맞는 낡은 나무문이 열리고, 군화 소리와 함께 짧은 머리에 작은 키, 광기 가득한 눈매를 한 다카하시가 들어섰다.

꽃분은 누가 들어오든 상관없다는 투로 다카하시를 돌아보지 않고 고개를 깊이 숙였다.

다급한 것은 분이 할머니였다.

"어서 도망치라니까! 이런 바카야로!"

듣지 못하는 꽃분이에게 화가 난 분이 할머니는 무릎을 치며 바카야로라고 외쳤다.

다카하시가 하나코에게 노란 군표를 내밀며 말했다.

"하나코? …… 표를 받아야지?"

그제야 다카하시를 올려다보는 꽃분이. 꽃분은 그가 어떤 사람인지 알고 있었다. 그래서 얼른 몸을 빼며 도망쳤다. 표를 쥐어주려는 다카하시와 뿌리치려는 꽃분이 사이에 몸싸움이 이어졌다. 다카하시는 거부하는 꽃분의 손에 기어코 빨간 표를 쥐어 주었다.

"하나코, 나 알지? 이 다카하시가 오사카에 있을 때 한 여자를 알았지. 그 여자 이름도 하나코였어. 꽃처럼 예쁜 사람. 내가 떠나올 때 날 위해 울어 줬는데 …… 울어줘! 하나코! 울어 달라니까!"

다카하시가 위협적으로 꽃분에게 더 바짝 다가왔다. 꼼짝 못하게 꽃분을 가두어 버리는 다카하시였다.

"나, 내일 타이완으로 떠나! 드디어 내 차례야."

다카하시가 꽃분의 옆 침상에 앉았다. 우울해 보이는 얼굴이었다.

"떠나면 죽게 될 거야. 날 위로해 줘. 하나코. 전쟁터에 오기 전에 하나코하고 나는 같이 밤을 보냈어. 하나코는 부드럽고 정다운 사람이었지. 몸에선 푸릇한 오이 냄새가 났어."

다카하시가 꽃분의 얼굴을 자신 쪽으로 돌리고는 말했다.

"그 밤처럼 …… 그 여자처럼 …… 해줘! 하나코."

꽃분이 얼굴을 빼며 말했다.

"난 당신의 하나코가 아니야!"

그러자 다카하시가 갑자기 격분하며 소리쳤다.

"아니! 넌 하나코야. 하나코! 꽃같이 예쁜 여자. 그러니까 날 안아줘. 만져 줘. 어서!"

다카하시가 꽃분을 침상에 던지듯이 밀어 넘어뜨렸다.

"난 내일 떠나면 언제 죽을지 몰라. 무서워서 그래. 어서! 하나코!"

꽃분은 이내 몸을 일으켜 다카하시에게서 도망쳤다. 그리고는 비명 같은 소리를 질렀다.

"싫어! 싫어!"

흥분해서 무섭게 다가오는 다카하시가 참을 수 없다는 듯 허리띠를 풀어 잡아 쥐었다.

"싫어? 천황폐하의 하사품 주제에. 하나코 이러면 안 돼. 이 용맹한 군사에게 싫다니, 그런 말 하면 안 되지."

구석으로 꽃분을 몰아넣은 다카하시가 허리띠를 움켜쥐었다. 금방이라도 허리띠를 휘둘러 때리려 하고 있었다.

"이러지 말아요. 이러지 마!"

꽃분이 애원하듯 빌었다. 그때였다. 갑작스런 공습 사이렌 소리가 들렸다. 다카하시와 꽃분은 동시에 침상 옆으로 몸을 숙였다. 폭격은 한동안 계속되었다. 다카하시는 귀를 막고, 폭격 소리가 들릴 때마다 짐승 같은 비명을 질렀다. 마침내 폭격이 멈추고 잠잠해지자 다카하시는 엎드린 채 울먹이다가 키득대며 웃기 시작했다.

"난 땅에서 죽지 않을 거야. 나는, 독코타이는 …… 하늘에서 죽을 거야. 그게 독코타이야. 독코타이."

다카하시는 어린 아이처럼 울고 있었다. 독코타이는 특공대를 말하는 일본어다. 다카하시는 비행기를 타고 적진의 배에 부딪쳐 적의 배를 부수며 자폭하는 자살 특공대의 일원이었다. 용맹하기로 이름이 높은 독코타이 군사가 지금 꽃분이 앞에서 울고 있는 것이다.

한분이 할머니는 그날의 기억이 생생했다.

"죽는 게 무서워?"

분이 할머니는 꽃분이였던 그날 그렇게 말했었다.

"죽는 게 무서워? 난 차라리 …… 이렇게 사느니 차라리……."

꽃분은 일본군들의 위안부로 매일 그들에게 짓밟히며 사느니 차라리 빨리 죽었으면 좋겠다고 생각했다. 그 말을 들은 다카하시가 꽃분이의 뺨을 때렸다.

"건방진 년! 죽고 싶다는 거냐? 감히 내 앞에서 죽음이 두렵지 않다는 거야?"

다카하시는 꽃분이를 마구 때리려 들었고, 꽃분이도 지지 않고 덤벼들었다.

"너 같은 놈한테 치욕을 당하느니 죽는 게 낫지. 차라리 날 죽여!"

한분이 할머니도 같은 말을 중얼거렸다.

"좋아! 소원을 들어 주지. 그래, 널 죽여 주겠어. 더러운 조센삐."

다카하시가 냉큼 꽃분이를 잡아채 옷을 찢더니 칼을 꺼내 꽃분의 등을 그어 내렸다.

"으윽"

꽃분이 비명을 지르자 다카하시가 입을 막으며 말했다.

"움직이면 안 돼. 쉿! 그러면 안 돼. 니 안에 날 새기는 건데 ……
니 피는 아주 뜨겁네. 나의 하나코."

다카하시의 눈은 광기로 번뜩였고, 하나코의 등을 칼로 그으며 흐
르는 피를 아무런 감정 없이 바라보고 있었다.

"하나코, 내가 뭐라고 새기는지 궁금하지 않아? 하나코! 키미와 와
타시노 모노! 넌 내 거야. 하나코!"

꽃분이가 몸부림치며 비명을 질렀다.

"그만! 그만 해!"

"가만 있어! 움직이면 이 칼이 니 심장에 가 박힌다."

다카하시는 꽃분이를 위협하며 정신 나간 사람처럼 웃었다. 그때였
다. 갑작스레 문이 확 열리며 군의관 오즈야마가 방으로 들어섰다. 그
는 다카하시에게 호통을 쳤다.

"다카하시! 어서 나가!"

여전히 꽃분의 등을 칼로 그림을 그리듯 긋고 있던 다카하시가 불
쾌한 듯 오즈야마를 돌아보았다.

"뭐야?"

"시간 다 됐어 다카하시. 이제 내 차례다. 당장 그 칼 치우고 나가!"

그러나 다카하시는 움직이지 않고 반항적으로 물었다.

"못 치우겠다면요?"

오즈야마가 성큼성큼 다가와 다카하시의 이마에 총구를 겨누었다.

"하극상인가? 당장 나가지 않으면 네 놈 머리를 날려 주지. 이 여자들은 우리와 함께 이 험난한 전쟁에서 천황폐하의 임무를 수행하고 있다. 니가 죽여야 할 건 이 여자가 아니야. 대일본제국의 황군답게 행동해라. 다카하시! 어서 나가!"

그제야 다카하시는 꽃분의 등에서 칼을 거두고 자신의 윗옷을 챙겨들었다. 문 밖으로 몇 걸음 걸어 나가던 다카하시가 오즈야마를 돌아보며 말했다.

"오즈야마 쇼군. 난 당신 같은 사람, 마음에 안 들어. 난 독코타이야. 비행기를 탄다고. 군의관 주제에 …… 당신이 대일본제국의 황군을 말할 자격이 있습니까? 사람을 죽여 본 적 있어? 그 총으로 누굴 쏴보기는 했냐고?"

오즈야마가 다카하시에게 다가가 다시 총을 겨누었다. 이번에는 방아쇠를 장전하기까지 했다.

"이 총알이 네 머리를 관통하면 두개골이 으깨지고 시뻘건 피와 허연 뇌수가 흘러넘친다는 건 알지."

다카하시는 물러날 수밖에 없었다. 그러나 꽃분이를 향한 저주는 잊지 않았다.

"오늘 운 좋은 줄 알아 조센삐야!"

다카하시가 나가자 오즈야마가 총구를 거뒀다. 그리고 잔뜩 겁을 먹고 움츠린 꽃분에게 붕대를 주며 말했다.

"저 새끼 괴물이야. 사람을 괴롭히고 싶어 안달이 났지. 함부로 덤벼들다간 뼈도 못 추려. 힘들어도 죽지 않고 버티는 게 이기는 거다."

꽃분은 서러운 울음이 터지려는 것을 겨우 참았다. 돌아서 나가려는 오즈야마를 꽃분이 불러 세웠다.

"오즈야마 …… 당신, 정말 금아를 …… 아니, 요시에를 데려갈 건가요? 당신 집에 데려갈 거예요?"

꽃분이는 금아가 말했던 사람, 금아를 데려간다던 군의관 오즈야마 쇼군, 그에게 직접 물어보고 싶었다. 정말로 금아를 데려갈 것인지. 그러나 오즈야마는 별다른 대답 없이 흐릿한 미소만을 남기고 문을 나섰다. 문이 닫히고, 발걸음 소리가 멀어져 갔다. 꽃분은 버티고 서 있던 것이 무너진 양 주저앉았다. 그럼에도 오즈야마의 친절과 흐릿한 미소는 희망이 되었다.

"웃었어. …… 그래 웃었어. …… 데려간다는 뜻이야. 금아! 그래도 다행이다. 그렇지? 어쩌면, 어쩌면 니 말이 맞을지도 몰라. 오즈야마가 …… 널 구하러 올지도 몰라."

꽃분은 정말로 그렇게 믿으며 웃음을 지어 보았다. 비록 등에서는

피가 흘러내리고 상처의 고통은 컸지만 동생 금아를 구해줄 사람이

있다면 희망은 있는 것이니까.

조선삐

꽃분을 바라보는 분이 할머니도 그렇게 생각했다. 오즈야마가 금아를 데리고 갔을지 모른다고.

"그 사람이 날 구해줬어. 오즈야마 쇼군. 그 사람이 날 살렸어!"

한분이 할머니의 말에 서인경의 얼굴이 밝아졌다.

"그럼, 오즈야마가 할머니 동생을 데려갔을 수도 있겠어요. 홍 피디님! 사람 잘 찾죠? 다카하시 찾아 주세요. 오즈야마 쇼군도요."

홍창현은 갑작스런 요구에 놀랐다. 거기다 서인경은 좀 전에 얼굴을 붉히며 언쟁을 했던 사람이 아닌가. 그러나 서인경에게 그런 것은 상관없었다. 한분이 할머니의 기억 속 일본군을 찾는 것이 무엇보다 중요했기 때문이다.

"혹시 일본에 살고 있는지, 피디님 능력 총 동원해서 찾아 주세요. 다카하시, 그리고 오즈야마 쇼군."

머뭇거리는 홍창현에게 한분이 할머니마저 도움을 청했다.

"그 사람, 오즈야마 쇼군. 내 동생 금아 찾는 것 좀 도와줘요."

김아름도 부탁한다며 고개를 숙였다.

"알겠습니다. 찾아야할 사람이 셋이네요. 렌 할머니와 함께 살았다는 일본군 장교 쓰노부는 이름뿐이고, 카미가제 특공대원 다카하시는 성 뿐 …… 그래도 군의관 오즈야마 쇼군은 정보가 많은 셈이네요."

홍창현이 적극적인 태도로 말했다.

"1943년에서 1945년 사이, 캄보디아 주둔 일본군 부대원들을 조사하면 어려운 일은 아닐 거예요."

서인경이 말했다.

"일본에 가면 뭔가 실마리가 보이겠군요."

홍창현이 수첩에 메모를 하며 말했다.

**

한번 떠오른 기억은 연쇄작용처럼 작은 기억들을 다시 불러오기 시작했다. 비행기가 이착륙을 하는 굉음 때문에 그랬을까? 아니면 잘못

울린 공항의 경보 사이렌 때문이었을까? 한분이 할머니는 그동안 그토록 기억하려 애썼지만 기억할 수 없었던 칠십 년 전 그날의 기억 속으로 걸어 들어가고 있었다.

공습 사이렌 소리가 들리며 낙원 위안소는 다급한 전운이 감돌고 있었다.

"폭격이다! 폭격이다!" 하는 다급한 외침들이 들려왔다.

밖은 폭격으로 무너진 건물과 낮게 날며 폭탄을 투하하고 가는 비행기로 정신이 없었지만, 위안소에 갇힌 꽃분이는 찢긴 옷을 입은 채 지쳐 쓰러져 있었다. 그때, 옆방에서 금아의 날카로운 비명 소리가 들렸다. 다카하시가 칼을 들고 금아를 위협하고 있었다. 비명 소리에 놀란 꽃분은 벽에 귀를 대고 금아의 방에서 벌어지는 일에 신경을 곤두세우고 있었다. 다카하시가 칼을 휘두르며 말했다.

"요시에, 니가 오즈야마 그 자식 거야?"

금아가 벌벌 떨며 말했다.

"날 죽이면 가만두지 않을 걸. 그 사람은 너보다 계급이 높아."

다카하시가 가소롭다는 듯이 웃었다.

"그 자식이 너한테 몹쓸 짓을 했구나. 머릿속에 똥을 잔뜩 채워놨어. 천황폐하의 명령이다. 더러운 조센삐 따위는 수백 명을 죽여도 된다."

다카하시는 그렇게 외치며 들고 있던 칼로 금아를 찔렀다. 한번이 아니었다. 찌르고 또 찔렀다.

"이 버러지 같은 년. 죽어! 죽어!"

오즈야마에게 당한 모욕감을 다카하시는 금아에게 풀고 만 것이다. 그 소리를 벽을 통해 들은 꽃분은 미칠 것처럼 비명을 지르며 문을 두드렸다.

"밖에 누구 없어요? 사람이 죽어요! 어서 문 열어줘요. 문 열어! 문 열란 말이야!"

하지만 다가오는 사람은 아무도 없었다. 위안부들이 머무는 위안소는 밖에서 열쇠로 잠겨 있었고, 군인들이 올 때만 오또상이 문을 열어 주었다. 그런데 그날은 폭격으로 모두 대피를 해 열어줄 사람이 아무도 없었던 것이다. 벽 너머의 금아는 피를 흘리며 쓰러져 죽어가고 있었다.

"오즈야마가 …… 온 … 온다고 했어. 그 사람이 날 데려가기로 했는데 …… 니가 다 망쳤어. 더 … 더러운 … 놈! 이 악마 같은 놈!"

다카하시의 목을 붙잡고 금아가 마지막 발악을 했지만 그뿐이었다.

"어차피 넌 죽을 몸이었어. 너 같은 조센삐는 살 수 없어. 나도 죽을 건데 …… 너 따위가."

다카하시는 금아의 손을 떼어내며 침까지 뱉었다. 꽃분은 계속해서

문을 두드리며 소리쳤다.

"오또상! 오또상! 문 열어! 내 동생이 죽어. 이 개자식들아!"

다카하시는 금아의 몸에서 흘러내리는 피를 보며 멍하니 서 있었다. 그때 다시 공습 사이렌이 울렸다. 다카하시는 발작적으로 귀를 막으며 광기 어린 눈으로 소리치기 시작했다.

"일본이 아시아를 지배한다. 중국, 조선, 베트남, 캄보디아, 태평양 온 세계가 일본에 무릎을 꿇고 …… 아, 용맹스럽게 죽으리. 천황폐하 만세! 대 일본 제국 만세!"

다카하시는 목청껏 만세를 부르짖으며 금아를 버려두고 문 밖으로 달아나 버렸다. 꽃분이 벽을 두드리며 금아를 불렀다.

"금아! 금아! …… 정신 차려. 금아!"

숨이 끊어져 가는 금아가 겨우 말문을 떼었다.

"왜 안 왔을까? 정표로 이 사진도 줬는데……."

금아는 손에 쥔 사진을 들여다보았다. 군의관 오즈야마의 사진이었다. 희미해지는 의식을 붙잡고 금아가 노래를 불렀다.

"오오키나 쿠리노 키노시타테 …… 아나타또 와따시"

'커다란 밤나무 밑에서'라는 노래였다. 꽃분이와 금아가 고향에서 배운 노래였다. 금아는 고향 생각이 날 때면 언제나 그 노래를 부르곤 했다.

그 노래를 부르던 금아를 기억해내자 분이 할머니는 너무나 가슴이 아팠다.

"부르지 마! 아무 것도 하지 마."

노래를 부를 때마다 금아의 가슴에서는 쿨럭 쿨럭 피가 쏟아져 내리고 있었다. 분이 할머니가 제발 노래를 멈추라고 했지만 기억 속 금아의 노래는 이어지고 있었다.

"나까요꾸 아소비마쇼 …… 그날 그 집에 가는 게 아니었어. 그치? 언니!"

금아의 마지막 말이었다. 분이 할머니는 그 순간을 떠올리자 견딜 수 없었다. 금아의 손을 잡고 일본인 부자가 살던 그 집에 갔던 날이 떠올라 무서웠던 것이다. 그 집에만 가지 않았더라면, …… 그 사람의 꾀임에 넘어가지만 않았더라면 …… 금아가 죽지 않았을텐데……. 분이 할머니는 자신의 입을 틀어막으며 오열했다.

***

분이 할머니가 의자에 앉아 그날의 기억에 대해 말하기 시작했다. 칠십 년 동안이나 기억나지 않던 모든 것들이, 그토록 만나고 싶었던 금아가, 잊혀졌던 기억이 모두 되살아난 것이다.

"그날 밤새도록 폭격이 있었어. 그날로 전쟁이 끝난 거였는데…….
폭격으로 부서진 문을 비집고 나와서 달리기만 했어. 살려고. 나무가
빽빽한 숲으로 숨어들어서 달리고 또 달리고. 무조건 배가 닿는 항구
로 뛴 거야 …… 금아랑 같이. 금아, 조금만 가면 된다. 포기 하면 안
돼! 갈 수 있어 …… 우리 집에 갈 수 있어."

분이 할머니는 흐르는 눈물을 감추지 못하고 울먹였다.

"난 금아가 …… 금아가 살아 있는 줄 알았습니다 …… 지금까지
내내."

칠십 년 전 그날, 위안소를 빠져나오던 날 꽃분이는 동생 금아의 죽
음을 들었지만 믿을 수 없는 현실에 살아 있다고 생각해 버렸던 것이
다. 살기 위해 달리고 또 달리며 금아의 손을 꼭 잡고 있다고 생각해
버린 것이다.

김아름이 할머니를 위로하며 말했다.

"할머니 동생분, 결국엔 거기서 돌아가신 거군요."

그러자 서인경이 차라리 다행이라고 말했다.

"금아를 찾진 못하셨지만 기억을 찾으셨네요. 다행이야. 더 이상 헤
매지 않으셔도 되니까."

그때 안개로 비행기가 연착된다는 방송이 들려왔다.

홍창현이 말했다.

"이거 비행기 못 뜬다는 소린가?"

"네, 항공운항이 모두 지연되고 있대요."

김아름이 답해 주었다.

"젠장, 안개가 갈 길을 막네!"

홍창현이 답답해하며 의자에 털썩 앉았다.

서인경이 혼잣말처럼 말했다.

"걷히겠죠. …… 언젠간. 이 아픈 역사의 비극도 언젠간 끝이 나구요."

분이 할머니는 여전히 눈물을 그치지 못하고 있었다.

사죄

　　다섯 시간의 연착 후 도쿄행 비행기에 오른 일행은 오랜만에 기절하듯이 잠이 들었다. 서인경과 한분이 할머니는 위안부 피해자 증언이 진행될 장소 인근 숙소로 갔고, 홍창현은 오자마자 수소문을 해서 알게 된 오즈야마 쇼군의 옛집을 찾아 도쿄 외곽의 한 인쇄소를 찾았다. 허름하고 작은 규모의 인쇄소였다. 홍창현이 불쑥 인사를 하며 발을 들여놓았다. 사사키라는 60대쯤 되어 보이는 노인이 홍창현을 그다지 반갑지 않은 눈으로 바라보았다.

　　"정말 끈질긴 분이시네요."

　　사사키가 홍창현에게 말했다.

　　"밤새 기다렸습니다. 날씨가 추운 겨울이었으면 아마 신문에 났을 겁니다. 40대 한국인 동사. 이렇게요. 아, 농담입니다."

홍창현은 만나주지 않겠다는 사사키를 만나기 위해 무작정 밤새 기다린 일에 대해 이야기하고 있었다. 사사키가 윤전기 전원을 끄고 홍창현에게 다가왔다. 홍창현은 얼른 방송국 명함을 건넸다.

"마음이 바뀌었다는데도 기어이 오셨네요. 제가 할 일이 많으니 빨리 끝내주시기 바랍니다."

사사키가 거리를 두며 말했다.

"네, 알겠습니다. 부친 되시는 오즈야마 쇼군에 대해 좀 묻고 싶은데, 태평양 전쟁 때 캄보디아의 프놈펜에서 군의관으로 근무하셨죠?"

홍창현이 물었다.

"네, 그러셨다고 들었습니다"

사사키가 고개를 끄덕이며 말했다.

"요시에라고, 열네 살에 일본군 위안부로 끌려간 한금아라는 조선 소녀가 있었습니다. 아버님께서 근무하시던 바로 그 부대에 있었죠. 불행하게도 한금아는, 전쟁이 막 끝나려던 순간에 일본군에 의해 무참히 살해되었습니다. 그 소녀가 죽어갈 때 손에 사진 한 장을 쥐고 있었어요. 오즈야마 쇼군. 부친의 사진입니다. 정표였던 것 같은데,"

홍창현의 말에 사사키가 발끈하며 말을 끊었다.

"정표? 정표라구요?"

"그런 말씀을 전혀 듣지 못하셨나요? 요시에는 아버님의 정인이었습니다."

사사키는 불쾌함을 숨기지 않았다.

"하, 정인이요? …… 조선인 위안부하고? 그렇게 터무니없는 말씀을 하셔도 되는 건가요?"

"그 분의 언니 한분이 씨가 증언했습니다."

사사키의 얼굴이 붉게 상기되기 시작했다.

"난 그런 얘기는 한 번도 듣지 못했습니다."

사사키가 완강히 거부하자 홍창현은 약속한 사진이라도 보여달라고 요구했다. 그러나 사사키는 마음이 바뀌었다며 사진을 보여줄 수 없다고 말했다.

"저는 한분이 할머니의 잃어버린 기억을 찾아드리려고 왔을 뿐입니다. 동생분의 죽음도 최근에야 확인하셨거든요. 부탁드리겠습니다."

홍창현이 고개를 숙이며 부탁했다. 사사키는 고민하는 눈빛이더니 그러면 사진만 보여주겠다며 서랍 속의 옛날 사진을 꺼내 주었다. 홍창현은 몇 번이고 고맙다는 인사를 하며 사진을 보았다. 사진은 단 한 장이었다. 군의관 제복을 입은 오즈야마 쇼군이 흑백 사진 속에서 어색한 미소를 짓고 있었다.

"아버님 인상이 참 좋으시네요."

홍창현이 말을 떼자 사사키가 자신의 부친에 대해 말하기 시작했다.

"성품이 온화한 분이셨어요. 작은 외과의원을 하셨는데 30년 동안 늘 그만그만했습니다 …… 아버지는 평판이 좋은 의사였어요. 어려운 사람에게는 진료비를 받지 않기도 했습니다. 조선 사람들에게는 특히 더 그랬죠."

"조선 사람들에게 특히 친절하셨던 이유가 있었을까요? 그러니까 어떤 미안함이라든지……."

홍창현의 질문은 사사키를 방어적으로 만들었다.

"전쟁은 이미 칠십 년 전에 끝났어요. 한국 사람들은 아직도 과거에 얽매여 살고 있군요. 협상을 통해 사과도 했고, 배상도 다 끝냈는데 왜 약속을 안 지키는지, 일본 사람들은 약속을 아주 중요하게 생각합니다."

사사키는 경고라도 하듯이 홍창현에게 무안을 주었다.

"애초부터 잘못된 약속이라면 지킬 이유가 없겠죠. 진심어린 사과에 '최종적, 불가역적' 뭐 이런 조건이 붙지는 않을 테니까요."

홍창현이 지지 않고 협상의 불합리함에 대해 지적하고 나서자 사사키는 더 방어적이 되었다.

"그럼, 국가 간의 약속이 아무 것도 아니란 말이네요?"

"사과를 하는 방식이 너무 치사하다는 겁니다. 당사자들은 철저히

배제시키고 밀실에서······."

"한국 정부가 협정서에 조인을 한 것 아닌가요?"

사사키의 말은 틀림없는 사실이기에 부아가 나는 것은 홍창현이었다.

"그러니까요. 그래서 저도 정말 열불이 납니다."

사사키는 홍창현이 보고 있던 사진을 빼앗듯이 가져와 봉투에 넣었다.

"나한테 왜 이러시는지 모르겠군요. 아버지는 그저 군의관이었을 뿐입니다."

사사키는 왜 죄 없는 자기한테 와서 칠십 년 전의 전쟁에 대해 따져 묻는지 전혀 이해가 되지 않는다는 반응이었다. 그러자 홍창현이 되물었다.

"전쟁 때 위안소에서 군의관들이 했던 일에 대해 아시나요?"

"군의관이라면 그야 당연히 군인들하고 위안부들의 건강을 살폈겠죠."

사사키는 상식적인 답을 했다. 홍창현은 그에게 진실을 알려주고 싶었다.

"그렇죠. 군인들이 성병에 걸리지 않도록, 위안부들이 보다 많은 군인들을 받을 수 있도록. 때론 아편도 주사하고, 임질이나 매독 같은 성병에 걸리면 606 주사도 놓고. 임신을 하면 마취도 없이 임산부의 배를 갈라……."

"지금 무슨 말이 하고 싶은 겁니까?"

사사키의 얼굴이 울그락불그락해졌다.

"오해는 마십쇼. 제가 오즈야마상이나 사사키상을 비난할 의도는 없습니다. 모두 국가가 한 일이니까요."

홍창현은 정말로 그렇게 생각했다. 다만 사사키가 전쟁의 참상에 대해 모르고 있다는 것이 답답할 뿐이었다.

"일본 사람들도 전쟁에서 많이 죽었어요. 군인들뿐만 아니라 민간인들도 많이 죽었지요. 히로시마와 나가사키는 원자폭탄으로 폐허가 됐고, 그 후손들까지 대를 이어 고통 받고 있지만, 우리 일본 사람들은 절대로 징징대지 않습니다. 그게 바로 일본인이지요."

사사키가 자신들도 피해자이며 자신들은 징징대지 않는다고 말했을 때 홍창현은 참을 수 없었다.

"징징댄다구요? 징징? 전쟁 때 위안부들이 무슨 일을 당했는지 아시죠? 그런 일이 인간이 인간에게 저지를 수 있는 일이라고 생각하십니까?"

그러나 사사키는 얼굴 하나 변하지 않고 말했다.

"식민지 소녀들의 비극은 저도 참 안타까워요. 하지만 전쟁 중엔 그런 일도 어쩔 수 없는 선택이었다고 생각합니다."

"어쩔 수 없는 선택이라구요? 선택? …… 그거 참 야비한 말이네요."

사사키를 바라보는 홍창현의 눈빛에 경멸의 시선이 깔렸다. 감추려 해도 감출 수 없는 것이었다. 그래서인지 사사키는 더 이상의 대화를 거부하고 돌아가라고 말하고는 인쇄소의 윤전기를 가동했다. 돌아서 가려던 홍창현이 다시 사사키에게로 갔다.

"도쿄에 일본군 위안부 피해 자료들을 전시하는 박물관이 있습니다. 오늘 거기서 요시에의 언니 한분이 씨가 위안부 피해 증언을 합니다. 한번 만나 보시겠습니까?"

사사키는 단칼에 거절했다.

"아뇨. 저는 만날 이유가 없는 것 같습니다."

"역시 그러시겠죠."

홍창현은 예상한 대답을 듣고 돌아섰다. 사사키는 우려하는 바가 있었던지 홍창현을 불렀다.

"제가 오늘 일을 후회하게 되진 않았으면 합니다."

홍창현도 그 의미를 알았다.

"걱정 마십쇼. 반드시 진실만을 보도하겠습니다. 하지만 때로는 그 진실이 누군가에게는 꽤나 불편한 일이기도 하지요."

홍창현은 깊이 고개를 숙이며 사사키에게 인사를 하고 돌아섰다.
사사키는 불안한 기색으로 홍창현이 나가는 걸 오래도록 바라보았다.
물론 홍창현은 기사를 통해 사사키를 악의적으로 괴롭힐 의도는 없었
다. 다만, 일본인으로서 과거에 자신들이 저지른 역사의 비극에 대해
책임지지 않고, 자신들도 피해자라고 하는 사사키의 태도를 인정할 수
없어 일부러 경고를 해준 것이었다. 양심적인 일본인들도 많았지만 그
저 평범한 소시민인 오즈야마 사사키가 한일 관계를 왜곡되게 바라보
고 있는 것이 몹시 아쉬웠던 까닭이다.

흉터

도쿄의 일본군 위안부 피해자를 위한 박물관은 사람들로 붐비기
시작했다. 벽에는 위안부 피해를 입은 아시아의 할머니들의 사진이 전
시되어 있었다. 사진들 앞에서 숙연해지는 관람객들이 적지 않았다. 그
러나 박물관 밖에는 위안부 피해자 할머니의 증언을 반대하는 극우파
일본인들의 반대 시위도 있었다. 사람들이 모여들고 회의실 안에 의자
들이 놓이고 행사 시간이 되자 관람객의 수는 더 늘기 시작했다. 대기
실에 있는 서인경은 분이 할머니에게 물을 건네며 떠실 것 없다고 안
심을 시켰다. 분이 할머니가 서인경에게 물었다.

"오즈야마를 찾았어?"

"아뇨. 그 사람 아들이요. 사사키라고. 오즈야마는 이미 10년 전에

저세상 사람이 되었대요."

서인경의 대답을 들은 분이 할머니는 조금 실망한 기색이었다.

"죽었어? …… 죽었다고?"

"네. 죽었어요."

금아를 떠올린 것일까? 분이 할머니는 오즈야마가 죽었다는 말을 속으로 되뇌며 슬픈 기분이 들었다. 강연 준비가 다 되었다는 안내 방송이 들리고, 사람들 앞으로 한분이 할머니가 앉을 의자가 놓였다.

"일본군 위안부 피해 증언을 하러 한국에서 오신 한분이 할머니입니다."

일본 관계자의 안내 멘트가 들리고 청중의 박수 소리가 객석을 가득 채우고 있는 한가운데로 한분이 할머니가 천천히 걸어나갔다.

***

기자들이 카메라 셔터를 누르고, 박수소리가 잦아들자 한분이 할머니가 입을 열기 시작했다.

"나보고 자꾸 여기 와서 얘기를 하라 그러는데 …… 나는 할 말이 없기도 하고 또 …… 많기도 합니다. 저기 저 벽에 걸린 사진들 보니까 다 늙어 쭈그렁 망태기들이 되었네. 애기 때들 끌려갔었는데 ……

칠십 년이 다 되니 거의 다 죽었을 테고, 아마 제대로 눈 못 감았을 겁니다."

할머니는 한참 쉬었다가 다시 말을 이었다.

"거기에 끌려가기 한 해 전에 이웃에 일본 사람이 이사를 왔어요. 그 집엔 벼라별 것들이 넘쳐났지요. 센베, 요깡, 도라야끼 …… 그 과자들이 흔하디 흔해서 땅에 떨어진 게 있어도 줍지도 않았어. …… 오오키나 쿠리노 키노시타데 …… 그 집에서 축음기 소리가 들리면 내 동생 금아하고 난 아주 홀려 버렸어. 노래 소리가 너무 고와서 …… 다른 세상이 있었지. 겨우 벽 하나 사이에……."

그 시절을 떠올리는 듯 한분이 할머니의 눈빛이 먼 곳을 향하고 있었다. 청중은 모두 할머니의 말에 귀를 기울였다.

"그날도 노랫소리가 나데. 문 앞에 서 있는데 주인이 나오더니 손짓을 하면서 들어오라고. 직접 축음기를 틀어 보게도 했어요. 그리고는 돈 많이 버는 데를 소개해 주겠다고 달콤한 말을 했지. 겁도 났지만 점잖아 보이는데다 우리 금아하고 같이 가도 된다니까. 그래서 이 바보가……."

할머니는 목이 메어 목소리가 떨렸다.

"그래서 이 바보가 …… 동생 손을 꼬옥 잡고 …… 거길 갔습니다. 그 끔찍한 데를."

할머니는 잠시 말을 않고 청중들을 둘러보았다.

"나도 당신들처럼 행복하기 위해 태어났어요. 우리 아버지는 나더러 꽃보다 이쁘게 살라고 꽃분이라는 이름도 지어줬습니다. …… 당신들 일본군의 성노리개로, 공중변소로 쓰라고 태어난 게 아니란 말입니다!"

분이 할머니의 목소리는 떨리면서도 울분에 차 있었다. 할머니가 뒤돌아서서 윗옷을 반쯤 내리고 청중들에게 등을 보여주었다. 거기에는 낙서처럼 그려진 일본어로 된 문신과 흉터가 가득했다. 청중들 사이에서 비명과 한숨이 터져 나왔다. 할머니가 옷을 여미며 말을 이어갔다.

"열일곱 내 몸에 일본군이 낸 흉터입니다. 칼로 생살을 찢어 문신을 새겼어요. 내 몸이 도화지인양 아무렇게나 욕지거리를 써댔습니다. 난 평생 목욕탕에 가지 못했어요."

울컥하는 감정을 내리 누르며 할머니가 말했다.

"밤마다 이 몸이 뒤틀리며 묻습니다. 왜 이렇게 당해야 했느냐고. 내가 왜요?"

청중 가운데서는 흐느끼는 소리도 들려왔다.

"여기 오기 전에 캄보디아에 갔었습니다. 동생인 줄 알고 찾으러 갔는데 아니었어요. 그 사람도 어릴 때 끌려가서 칠십 년을 고향도 집도 잃고 캄보디아에서 살고 있습디다. 누가? 왜 그 사람을 그렇게 만들었습니까? 왜요? …… 근데, 나는 내 동생 금아가 나를 용서해 줄라나 모르겠어요. 용서해 줄라나? 용서는 해주고 싶은데 어떻게 해야 용서를 할지 모른다고 할까나 …… 일본은 어쩔거나? 그 죗값을 다 갚지 못한 이 나라를 어떻게 할까나?"

분이 할머니의 호통에 청중의 흐느낌은 더 커졌다. 분이 할머니는 질끈 눈을 감았다가 천천히 떴다. 눈앞에 금아가 보이기라도 하는 듯 할머니가 금아의 이름을 불렀다.

"미안하다. 금아야! 미안해! …… 금아야! 정말 미안해. 미안합니다."

분이 할머니는 연신 미안하다고 말하며 두 손을 모으고 절을 올리듯 고개를 숙였다. 금아의 손을 꼭 쥐고 그 험한 길로 이끌었던 자신에 대해 평생을 용서할 수 없었던 분이 할머니, 꽃분이는 이렇게 칠십 년을 계속해 온 사죄를 하고 있는 것이다. 자신들이 한 일이 아니라고 부정과 거부를 일삼는 일본 사람들 앞에서 …… 열다섯 나이에 캄보디아까지 끌려가 무참한 죽음을 맞은, 제대로 피어나지도 못한 동생 금아를 향한 분이 할머니의 사죄는 열 번이고 스무 번이고 계속되었다.

<끝>

부록

청소년 독자들이 꼭 알아야 할
일본군성노예제 문제 해설

일본군성노예제 문제해결을 위한 정의기억연대

류지형

일본군 성노예제 문제에 대해 청소년들이 꼭 알아야 할 문제들을
정의기억연대의 홈페이지를 바탕으로 류지형 선생님께서 정리하여 써 주셨습니다.

 https://womenandwar.net/kr
일본군성노예제 문제 해결을 위한 정의기억연대 홈페이지

일본군성노예제 문제의
정의로운 해결을 위하여

일본군성노예제란 무엇인가요?

'일본군성노예제'란 1930년대부터 1945년 일본이 패전하기까지 일본군이 제도적으로 '군대 위안소'를 설치하여 점령지와 식민지 여성들을 성노예로 동원한 범죄를 말합니다.

일본이 제국주의 전쟁을 본격화하면서 일본군 점령지역에서 군인들에 의한 강간 사건이 빈번해지고 현지 군인들이 성병에 걸리는 일이 자주 발생하였습니다. 이 때문에 현지 주민들의 반일감정이 고조되었고 전쟁 수행에도 차질이 생기자 일본군은 1930년대 초 '위안소慰安所 제도'라는 것을 도입하여 식민지나 점령지 여성들을 성노예로 동원하기 시작합니다.

'군 위안소'는 그 설립과 운영, 모집에 군이 직접 나서는 경우도 있었고 민간에 위임하기도 하는 등 시기와 장소 등에 따라 그 형태가 달랐습니다. 하지만 어느 경우에나 군대의 보호와 감독, 엄격한 통제를 받았고, 이를 통해 일본군의 적극적인 주도 아래 시행된 것으로 볼 수 있습니다.

'위안소'의 규정에 계급별 사용 시간, 요금, 성병검진 및 기타 위생사항 등이 명기되어 있었고 많은 군인들이 몰려 이삼십 명이 문 밖에서 줄을 서서 기다리는 경우도 많았다는 피해자들의 증언을 보면 일본군이 위안소를 조직적으로 통제하고 관리했다는 사실을 잘 알 수 있습니다.

우리나라 정부에 등록된 피해자들의 실태조사로 확인한 바로는 한국 여성들이 연행될 당시의 나이는 11세에서 27세까지 정도였고, 피해자의 대다수가 취업 사기, 유괴, 납치 등의 방식으로 '강제 동원'되었다고 합니다.

이렇게 강제 동원된 일본군성노예제 피해자들에게는 자유가 없었습니다. 여성들은 마음대로 '위안소'를 떠날 수 없었고 기본적인 이동이나 생활도 통제를 받아야 했습니다. 일본 병사들의 안전을 위한다는 명목으로 성병 검진을 주기적으로 받게 했고 월경, 임신뿐 아니라

질병에 걸리더라도 무자비하게 강간을 당했다고 피해자들은 증언하고 있습니다. 이렇게 인간으로서 최소한의 권리도 찾아볼 수 없었던 '성노예들'을 "천황이 하사한 선물", "위생적인 공중변소"라고 표현한 기록도 찾아볼 수 있습니다.

일본군이 자행한 인권유린의 비극은 여기서 그치지 않았습니다. 1945년 일본이 패망한 뒤에도 일본군성노예로 끌려갔던 많은 수의 여성들은 폭격으로 사망하거나 일본군에 의해 살해당했습니다. 겨우 살아남은 생존자들 중에도 현지에 버려지거나 고향으로 돌아올 수 없어 귀국을 포기하는 사례가 많았습니다. 고국으로 돌아오기까지 많은 고초를 겪어야 했고 돌아온 뒤에도 힘든 삶을 살아야 했습니다.

생존한 대부분의 일본군성노예제 피해자들은 '위안소'에서 당한 구타나 고문 그리고 성폭력 등으로 평생 치유하기 힘든 신체적 고통 속에 살아야 했습니다. 아이를 낳지 못하는 경우도 많았고, 이 때문에 가정을 이루는 것도 어려웠습니다. 무엇보다 평생 여러 심리적 후유증을 안고 평생 동안 주위의 편견과 따가운 시선 속에 긴 세월을 침묵하며 살아야 했습니다.

일본군'위안부'? 일본군성노예? 어떤 용어를 써야 할까요?

'위안부慰安婦'는 일본군이 자신들의 범죄를 합리화하고 미화하기 위해 만들어낸 말입니다. 일본인들은 자신들 행위가 강제적이지 않았다고 강변하기 위해 군인을 따라다니는 위안부라는 뜻의 '종군위안부從軍慰安婦'라는 표현을 주로 썼습니다. 그러나 역사적 진실을 알리려는 시민단체들은 범죄의 주체가 일본군임을 명확히 함과 동시에 역사적 용어인 위안부를 따옴표 안에 넣어 일본군'위안부'로 표기하고 있습니다. 그러나 더 정확한 표현은 '성노예'입니다. 당사자들의 의사와 상관없이 일정 기간 동안 가둬둔 채 강제로 성착취 대상으로 삼은 일본군의 범죄 사실을 잘 드러내는 표현이기 때문입니다. 영어로는 'Military Sexual Slavery by Japan'으로 표현합니다.

2015년 한일 양국 정부는 피해 당사자나 국민들의 의견을 무시한 채, 두 나라의 합의에 의해 일본군성노예제 문제를 최종 타결하였다고 선언하였습니다. 당시에는 숨겨졌지만, 2017년 정부가 '2015년 한일합의'의 진상조사를 통해 발표한 내용에 따르면, 일본 정부는 평화비(평화의 소녀상)를 건립하지 말 것과 '성노예'라는 단어를 쓰지 말 것 등을 합의 조건으로 내걸었습니다. 강제성을 부인하고 문제의 본질을 흐려 역사를 지우려는 일본 정부의 의도가 그대로 드러난 것입니다.

하지만 이후로 우리는 일본군'위안부' 대신 '일본군성노예'라는 명칭을 써서 일본이 저지른 범죄행위의 본질을 드러내려 했고, 여기에 우발적, 산발적 범죄가 아니라 일본에 의해 조직적이고 제도적으로 자행된 국가 범죄였음을 나타내는 '제制' 자를 덧붙여 '일본군성노예제日本軍性奴隷制'라고 부르게 되었습니다.

이제 우리는 '일본군성노예제'와 아래의 두 용어를 정확하게 가려서 써야 합니다.

- **종군위안부** : '종군'에는 자발적이었다는 의미가 포함되어 있습니다.
- **정신대** : 일본이 전시체제 돌입과 함께 조선의 노동력을 강제 동원한 제도를 말하며, 여성의 경우 여자(근로)정신대라는 이름으로 광범위하게 사용되었습니다.

일본군성노예제 문제 해결을 위해 지금까지 어떤 노력을 해 왔나요?

일본군성노예제 문제가 세상에 드러난 계기는 1988년 열린 한 세미나에서였습니다. 당시 이화여자대학교 윤정옥 교수는 일본군에 의해 끌려갔다가 돌아오지 못한 여성들에 대해 연구하고 이분들을 찾는 일을 계속하고 있었습니다. 그러던 중 1988년 성매매관광 문제를 다룬 '여성과 관광문화 세미나'가 제주도에서 열렸고 여기서 윤정옥 교수는 일본군'위안부' 문제에 대한 조사 결과를 발표하였습니다. 이 발표는 사회적으로 큰 충격을 주었고, 당시만 해도 잘 알려지지 않았던 일본군'위안부'를 우리 사회의 큰 관심사로 떠오르게 했습니다. 이 일을 계기로 여성 단체와 기독교 단체들이 연대하여 1990년 11월 16일 '한국정신대문제대책협의회(이하 정대협)'를 결성하고 일본 정부를 향해 본격적으로 문제 제기를 시작합니다. 그러나 일본 정부는 이런 사실들을 부인하였고, 이에 1991년 8월 14일에 김학순 할머니가 국내 최초로 기자회견을 열어 본인이 일본군성노예제 피해자임을 공개적으로 증언하게 됩니다. 김학순 할머니의 용기 있는 증언을 계기로 세상과 단절된 채 침묵해야했던 피해자들이 세상으로 나오게 되었습니다. 1992년 정대협이 정신대 신고 전화를 개설했고 국내에서 총 240명이 피해자로 신고, 등록하였습니다. 뿐만 아니라 북한, 중국, 대만, 필리핀, 인도네시아, 동티모르, 네덜란드 등 일본군의 점령지였던 여러 지역에서도 많은 피해자들이 공개적으로 자신들의 피해 사실을 밝히게 됩니다.

　김학순 할머니의 용기 있는 행동은 국내는 물론 국제 사회에 일본군성노예제 문제를 알리고 적극적으로 활동을 촉구하는 큰 전환점이 되었습니다. 가족이나 이웃과도 단절된 채 살아가며 일본군성노예제의 피해자였음을 제대로 이야기하지 못했던 생존자들이 국내외의 많은 여성, 시민들과 손잡고 일본 정부의 범죄행위를 적극적으로 고발하기 시작한 것입니다. 여기서 그치지 않고 피해 여성들은 세상을 향해 자신들의 명예와 인간적 권리의 회복을 외쳤습니다. 그리고 자신과 같은 피해를 겪는 사람이 없는 평화로운 세상을 만들기 위해 싸우는 여성 인권·평화 운동가로 거듭나게 되었습니다.

일본군성노예제 문제의 정의로운 해결 방법은?

일본군성노예제 피해자들과 단체, 시민들은 30년이 넘도록 수요시위를 비롯하여 정의로운 문제해결을 위한 여러 활동을 이어오고 있습니다. 그럼에도 일본 정부는 여전히 요지부동, 진정한 사죄와 배상을 하지 않고 있습니다. 강제로 끌고 간 것이 아니라 피해자들이 자발적으로 갔다며 범죄를 부인하고 교과서에서 일본군'위안부'에 대한 내용을 모두 삭제하고 있는 것입니다. 그런가 하면 세계에 건립되어 있는 평화비를 철거하려는 노골적인 역사 지우기 행태를 보이고 있습니다. 또 1965년 한일협정*과 2015년 한일합의 등으로 이미 여러 차례 사과

했으며 이를 통해 일본군성노예제 문제가 모두 해결되었다고 거짓말을 하고 있습니다.

하지만 일본정부가 말하는 해결이 과연 피해 할머니들이 원하는 전정한 해결일 수 있을까요?

진정한 해결이란 가해자가 아니라 피해자가 중심이 되는 해결입니다. 할머니들이 오랜 세월 끈질기게 외쳐 온 가장 대표적인 구호는 '공식사죄', '법적 배상'입니다.

사죄는 일본인 개인 누구의 사과도 아니고, 국가와 국가의 합의도 아니고, 일본 정부에서 피해 당사자들에게 공식적이고 엄중하게 표하는 사죄여야 합니다.

그리고 배상은 사죄의 한 방법으로 국제법에 따른 책임 이행 절차에 따라서 일본 국민 또는 기업이 아닌 일본정부가 하는 법적 배상이어야 합니다. 누가 봐도 '사죄'라고 알 수 있도록 말이지요.

사죄를 하려면 무엇에 대한 사죄인지 명확히 해야 하므로 사건에

---

* 1965년 한일협정

해방 이후 관계가 단절되었던 한국과 일본이 1965년 다시 국교를 맺은 협정입니다. 정식 명칭은 '대한민국과 일본국 간의 기본 관계에 관한 조약'입니다. 당시 박정희 정부는 경제개발을 위한 차관을 지원받는 대신 일본의 식민 지배에 대해 어떠한 사과도 받지 않고 이 협정을 체결하였습니다. 이 협정은 일본이 전쟁 중 저지른 여러 범죄행위를 부인하는 명분을 만들어주었다는 비판을 받고 있습니다.

대한 진상 규명이 먼저 이루어져야 합니다. 그리고 범죄를 저지른 가해 당사자인 책임자가 처벌을 받아야 합니다. 덧붙여 진실을 기록하고, 기억하고, 교육하여 후대에 알려 다시는 같은 범죄가 저질러지지 않도록 재발 방지의 노력을 해야 합니다. 그래서 수요시위에서는 일본 정부에 요구하는 일곱 가지 구호를 외치고 있습니다. (125쪽 참조)

일본군성노예제 문제를 해결하려는 정의로운 운동은 단순히 과거에 있었던 전쟁 범죄 문제를 해결하려는 것이 아닙니다. 일본 정부로부터 공식 사죄와 법적 배상을 얻어내어 전시 성폭력 범죄가 국제사회에서 용서받지 못할 여성 성폭력 범죄라는 것을 널리 알리고 피해 할머니들이 바라는 것처럼 같은 피해자들이 생겨나지 않도록 전쟁이 없는 세상, 전시 성폭력 없는 세상, 평화로운 세상을 이루려는 것입니다.

이제 우리가 할머니들과 함께 해야 할 일들

국내와 해외에서 많은 여성들이 일본군성노예제 피해자로 끌려갔습니다. 이 소설에 나오는 분이 할머니처럼 자매가 같이 끌려간 경우도 있습니다. 조선에서 끌려갔지만 고국으로 돌아오지 못하고 그곳에 남아 타국에 뿌리를 내릴 수밖에 없었던 렌 할머니와 같은 분들도 계셨습니다. 고향의 언어를 잊고, 자신의 이름을 잊고, 살던 동네를 잊어도 어릴 때 불렀던 노래만은 고국의 언어로 부르셨습니다. 사람들의 도움을 받아 늦게라도 고국으로 돌아오신 할머니들도 계시지만 그러지 못한 채 타국에 쓸쓸히 묻힌 분들도 계십니다. 하지만 이렇게 살아남은 할머니들이 증언을 통해 결코 되풀이되어서는 안 되는 반인륜적 범죄를 세상에 알리게 되었습니다.

할머니들이 일본군성노예제 피해를 말하는 건 너무나 어려운 일이었습니다. 평생 숨기고 살아 왔던, 몸과 마음을 병들게 했던 고통스러운 기억을 모르는 사람들에게 꺼내 놓는 것은 너무 힘겨운 일이었습니다. 더욱이 이런 일이 세상이 알려지던 1990년대와 2000년대는 지금보다도 사회 분위기가 훨씬 가부장적이어서 성폭력 피해자가 스스로의 피해 사실을 드러내는 일은 엄청난 용기를 필요로 했습니다. 특히 가해자가 일본이라는 큰 힘을 지닌 국가였으니 더욱 그랬을 것입니다.

할머니들은 이런 고통을 이겨내고 증언하셨을 뿐더러 전 세계를 다니며 역사적 폭력의 피해자들이 연대할 것을 호소했습니다. 더불어 할머니들은 다른 전쟁 성폭력 피해 여성들의 손을 잡아 주었습니다. 인권운동가가 되어 피해 여성들을 비롯한 약자, 소수자, 모든 소외된 사람들과 연대했습니다.

할머니들의 용기에 가장 먼저 응답한 것은 정의와 평화를 바라는 시민들이었습니다. 먼저 할머니들의 증언을 들었습니다. 아프고 고통스러운 기억으로 증언을 힘들어하시는 할머니들이 마음을 편하게 하시도록 먼저 친해지고, 사소한 이야기를 하고 같이 웃을 수 있는 즐거운 기억을 만들고, 비로소 마음을 열어 말씀하실 수 있을 때까지 기다렸습니다.

할머니들의 말을 글로 쓰고 책으로 엮고, 영상에 담아서 널리 알렸습니다. 할머니들이 외치는 구호를 함께 외치고 해외에 가서 증언하실 수 있도록 모금을 하고 편안한 생활을 영위할 수 있도록 한국 정부에 요구했습니다. 수요시위를 하고, 평화비를 세우고, 소설을 쓰고, 영화를 만들고, 다큐멘터리에 담고, 박물관을 세웠습니다. 학생들은 수요시위에 참석하여 자유발언을 하고 학교에 작은 소녀상을 세우고 서명을 받고 할머니들께 편지를 썼습니다.

할머니들의 작은 목소리가 큰 울림이 되도록 한목소리로 외쳤습니다. 할머니들을 돕기 위해서가 아닙니다. 할머니들이 바라는 세상과 우리가 함께 살 수 있는 정의로운 세상이 같은 것이기 때문입니다. 전쟁이 없는 세상, 폭력이 없는 세상, 차별과 소외가 없는 세상, 혐오가 없는 세상, 평화로운 세상을 함께 꿈꾸기 때문입니다.

일본군성노예제
문제해결을 위한 활동들

- 수요시위

'일본군성노예제 문제해결을 위한 정기 수요시위'는 1992년 미야자와 당시 일본 총리의 방한을 계기로 정대협이 주도하여 시작하였고 이후 정기 시위로 확대되었습니다. 매주 수요일 낮 12시 정각에 일본대사관 앞 '평화로'에서 열리는 이 시위에는 여성단체, 종교단체를 비롯해 수많은 시민사회단체, 학교, 동아리, 일반 시민들이 참여하고 있습니다. 29년 넘게 이어오며 1400회 이상 정기 시위를 벌여 이제는 우리 모두의 역사가 되었습니다. 2018년부터는 '일본군성노예제문제해결을 위한 정의기억연대'가 수요시위를 주최하고 있습니다.

일본군성노예제 문제에 대한 진상 규명과 책임 이행 등 문제 해결,

피해자들의 명예와 인권회복을 요구하는 수요시위는 이제 피해자와 시민들이 연대하는 장소로, 살아 있는 역사교육의 공간으로, 여성인권과 평화를 외치는 장으로, 그리고 국경을 넘어선 연대의 장으로 확대되고 있습니다. 그리고 한국뿐 아니라 일본, 미국, 영국, 독일, 프랑스, 호주, 뉴질랜드, 캐나다, 폴란드, 남아프리카 공화국, 필리핀, 태국, 미얀마 등 세계 약 23개국 60여 개 도시에서도 수만 명이 참여하며 세계적 인권 연대의 중심이 되고 있습니다.

이렇게 뜻깊은 수요시위를 통해 피해자들과 시민들이 일본 정부에 요구하고 있는 것은 다음의 일곱 가지입니다.

하나. 전쟁 범죄 인정

둘. 진상 규명

셋. 공식 사죄

넷. 법적 배상

다섯. 책임자 처벌

여섯. 역사 교과서에 기록

일곱. 추모비와 사료관 건립

– 평화비(평화의 소녀상) 건립

평화비는 일본군성노예제 문제의 역사적 사실을 기억하여 같은 비극이 다시 일어나지 않고, 지금도 세계 곳곳에서 발생하고 있는 전시 성폭력이 중단되기를 바라는 마음을 담아 만든 조형물입니다. 평화의 소녀상이라고 부르기도 합니다.

인권과 평화를 염원하는 많은 이들이 자발적으로 참여하여 국내는 물론, 세계 각지에 평화비를 세우고 있으며, 많은 사람들이 평화를 염원하는 열린 교육의 장으로서 우리 곁에 함께하고 있습니다.

평화비는 지역 또는 건립 성격에 따라 조금씩 다른 모습을 하고 있습니다. 그러나 일본군성노예제 문제를 잊지 않고, 함께 기억하고 인권과 평화 실현을 염원한다는 데에서 모두 같은 뜻을 담고 있습니다.

특히 피해자들의 의견을 무시하고 발표한 2015년 한일합의 이후 국내, 해외 여러 지역에서 폭발적으로 많은 수의 평화비가 건립되었고 지금도 건립이 진행 중입니다.

2011년 12월 14일 1000차 일본군'위안부' 문제해결을 위한 수요시위 기념으로 일본 대사관 앞에 건립된 평화비의 전체적인 형상은 작은 의자에 앉은 소녀가 일본 대사관을 조용히 응시하는 모습으로, 일제 강점기에 강제로 납치되었던 당시 어린 소녀의 모습을 묘사하고 있습니다.

소녀의 왼쪽 어깨에 앉은 새 한 마리는 저승과 이승의 영매로, 일본의 사죄와 반성을 기다리다 먼저 가신 할머니들과 함께한다는 뜻을 담고 있습니다. 거칠게 뜯기고 헝클어진 듯한 소녀의 머리카락은 가족과 고향의 품을 떠나 단절되어야 했던 아픔을 의미합니다.

움켜쥔 두 손은 일본 정부의 책임 회피에 맞서는 분노이자 모두 함께하겠다는 다짐이며, 뒤꿈치가 땅에서 들린 발은 강제로 끌려가 '위안부'가 되어 겪어야 했던 고난과 마치 죄인처럼 살아야 했던 고통의 시간, 사회의 편견, 정부의 무책임한 태도가 계속되는 억울한 현실을 땅을 밟고 서지 못하고 있는 맨발로 표현한 것입니다.

빈 의자는 과거와 현재, 미래의 연대를 상징합니다. 먼저, 빈 의자

는 떠나가신 할머님들의 자리이며, 그 분들을 기억하고 추모하는 마음을 담고 있습니다. 두 번째는 평화비가 세워진 주한 일본 대사관 앞 평화로를 찾는 사람들이 소녀 옆의 빈 의자에 함께 앉아 일본 대사관을 응시하면서 피해자들의 삶을 기억하기 위한 자리입니다. 또한 일본군 성노예제 문제의 해결을 위해 29년째 이어오고 있는 피해자들의 외침에 함께하기 위한 장소이며, 언제 어디서든 수요시위를 계속 이어가자는 약속의 공간이자, 잠시 쉬어가며 소녀들의 피해자들이 바라는 전쟁 없는 평화로운 세상을 꿈꾸고 생각하는 공간입니다.

바닥의 그림자는 소녀가 할머니가 되기까지의 오랜 세월을 의미하고, 정의 실현을 기다려 온 피해 할머니들의 모습이자, 쉽게 잊히지 않는 역사를 의미합니다. 뿐만 아니라 그림자의 가슴 부분에는 슬픔과 괴로움을 안고 돌아가신 할머니들의 영혼이자 진정한 해방을 꿈꾸는 나비 한 마리가 자리하고 있습니다.

– 세계 일본군'위안부' 기림일

8월 13일은 용기 내어 당당히 피해를 밝히고 일본군의 전쟁 범죄를 널리 알리신 피해 할머니들의 용기를 기리는 날입니다. 할머니들의 삶과 말씀, 정의로운 문제해결을 위해 하셨던 활동들을 기억하고 기록하고 널리 알려서 많은 사람들이 정의와 평화를 향한 길에 함께할 수 있도록 합니다.

2012년 12월, 제11차 일본군'위안부' 문제 해결을 위한 아시아연대회의에 참석한 8개 아시아 피해국 피해자 및 지원 단체 활동가들은 고 김학순 할머니가 피해 사실을 공개 증언한 8월 14일을 세계 일본군'위안부' 기림일로 선포했습니다. 2013년 1회 기림의 날을 시작으로 2020년 8차 기림일을 맞았습니다. 대한민국 정부는 2017년 12월 일본군'위안부' 피해자의 명예회복을 위해 8월 14일을 국가기념일(일본군'위안부' 피해자 기림의 날)로 지정하고 기념식을 진행하고 있습니다.

- 나비기금

2012년 3월 8일 세계 여성의 날에 김복동, 길원옥 할머니가 일본 정부로부터 법적 배상을 받으면 자신들과 같이 고통 받고 있는 전쟁 성폭력 피해 여성들을 위한 지원 활동을 위해 기부하고 싶다는 의지를 밝히셨습니다. 정의기억연대는 할머니들의 이러한 뜻에 따라 나비기금을 제정하여 콩고, 우간다, 베트남 등의 전쟁 성폭력 피해 여성과 아동들을 지원하며 연대하고 있습니다.

전쟁 때 여성들에게 가해지는 성폭력은 과거의 문제가 아니라 지금도 전쟁과 내전이 일어나고 있는 지역에서 반복되어 발생하고 있는 문제입니다. 나비기금은 전시 성폭력 피해 여성들과 손잡고 일본군성노예제 문제를 비롯한 전시 성폭력 문제가 전쟁에서 어쩔 수 없이 일어나는 일이 아니라 여성 인권을 짓밟는 반인도적, 반인권적 전쟁 범죄라는 사실을 더욱 널리 알리고 전쟁 없는 세상을 바라셨던 할머니들의 뜻을 잇는 소중한 연대입니다.

할머니들의 삶에서
배우는 용기

김학순 할머니

"언젠가는 밝혀져야 할 '역사적 사실'이기에 털어놓기로 했습니다."

1924년 중국 길림에서 태어난 김학순 할머니는 아버지를 일찍 여의고 어머니와 평양으로 이사해 살았습니다. 14세 때 어머니가 재혼하여 양아버지와 언니와 함께 지냈습니다.

돈을 벌기 위해 양아버지와 언니와 함께 북경에 도착했지만, 도착하자마자 일본 군인에 의해 트럭에 태워졌고 그 길로 북경 근처 철벽진으로 끌려가 '위안부' 생활을 강요당했습니다. 할머니는 끌려간 지넉 달 만에 한국인 남성의 도움으로 극적으로 위안소에서 탈출하였고, 도와준 이와 함께 상해에 정착하였습니다.

상해에서 딸과 아들을 낳은 뒤 해방을 맞았고, 1946년 6월에 광복
군을 따라 배를 타고 인천항으로 귀국하였습니다. 이후 딸과 남편, 아
들이 차례로 생을 마감하여 홀로 식모 생활과 새마을취로사업 등으
로 생계를 꾸려 나갔습니다.

할머니는 일본군'위안부' 강제 동원 사실을 전면 부인하는 일본 정
부를 보다 못해 1991년(68세) 8월 14일, 최초로 자신이 일본군'위안부'
피해자임을 공식 발표하였습니다.

이후 일본군성노예제 문제의 해결과 일본 정부의 공식 사죄를 위
해 적극적으로 활동하다 1997년 12월 74세의 나이로 생을 마감하였
습니다.

김학순 할머니 말씀

"제 인생은 열여섯 꽃다운 나이에 끝났습니다. 그때 일은 말
로 다 못해요. 일본군의 배설물을 받아내는 공중변소 같은 인
간 이하의 생활이었기에 생각을 안 해야지. 군인들이 마구 달려
들 때면…… 입술을 깨물고, 도망가려다 끌려오고…… 생각하

면 답답하고 몸서리쳐집니다. 하늘을 바로보지 못할 부끄러운 인생이었지만은…… 그러나 지금도 이렇게 시퍼렇게 살아 있는 것은 피맺힌 한을 풀지 못해서입니다."

"언젠가는 이 사실을 밝혀야 한다는 맘을 항상 품어 왔습니다. TV에서 일장기만 보아도 울렁거리고 정신대 정자만 들어도 숨이 콱 막혀서 꼭 한을 풀고 싶었습니다. 지금도 이렇게 시퍼렇게 살아 있는 것은 피맺힌 한을 풀지 못해서입니다. 내 청춘을 돌려주십시오."

"제가 자랑스러울 것 하나 없는 과거사를 들추고 나선 게 돈 몇 푼 더 받기 위해서였겠습니까? 일본에서 국민기금을 모아올 정도로 성의를 보였으면 대충 마무리 지을 만한데 뭘 자꾸 버티느냐는 식의 일본 쪽 시각을 정말 참을 수가 없습니다. 제가 원하는 것은 일본 정부의 법적 배상금이지 위로금이 아닙니다."

"저는 정부에서 준 영구임대아파트에서 살고 한 달에 25만 원의 지원금도 받고 있어 따로 돈이 필요하지도 않습니다. 제 주검을 거두어줄 가족도 없어 수의도 미리 다 장만해 뒀고, 망향의 동산에 제 한 몸 묻을 자리도 구해 뒀습니다. 이런 제게 무슨 돈이 필요합니까?"

"그동안 말하고 싶어도 용기가 없어 입을 열지 못했습니다. 언젠가는 밝혀져야 할 '역사적 사실'이기에 털어놓기로 했습니다. 차라리 속이 후련합니다. 지금도 '일장기'만 보면 억울하고, 가슴이 울렁울렁합니다. 텔레비전이나 신문에서 요즘도 일본이 위안부를 끌어간 사실이 없다고 하는 이야기를 들을 때면 억장이 무너집니다."

"나 죽기 전에 하고 싶은 말 한마디 하려고 그래서 내가 나서기 시작했어요. 8월 14일에 방송국 사람들 모아 놓고 이야기한 거예요. 너무나 원통하고 분해서. 우리 한국 여성들 정신 차리세요."

김복동 할머니

"우리는 죽으면 죽었지, 그런 돈은 받기 싫습니다."

김복동 할머니는 1926년 경남 양산에서 6녀 중 넷째 딸로 태어났습니다. 할머니는 학교에 다니다 그만두고 집안일을 돕던 중, 15세 때 (1941년) 일본군'위안부'로 강제 연행되었습니다. 동네 구장, 반장과 함께 온 일본 사람이 군복 만드는 공장에서 돈을 벌며 3년만 일하면 집으로 보내준다고 하며 안 보내면 반역자라고 하여 가게 되었습니다.

하지만 중국 광동, 홍콩, 수마트라, 인도네시아, 말레이시아, 자바, 싱가포르 등지로 계속 이동하면서 5년 동안 일본군의 성노예가 되어야 했습니다. 너무나 괴로워 자살을 시도했으나 그것도 실패하고, 싱가포르에서 해방을 맞아 미군 포로수용소에서 지내다가 8년째 되던 해에 돌아오셨습니다.

이후 어머니가 돌아가신 후 혼자 생계를 꾸리며 사셨습니다. 1992년 TV를 보고 일본군'위안부' 피해자로 등록한 이후 1993년 비엔나세계인권대회에 참석하는 등 "이젠 내가 할 일이 있으면 하겠다."며 일본군성노예제 문제 해결 운동에 적극적으로 참여하셨습니다. 2010년부터 정대협 쉼터인 '평화의 우리집'에서 생활하시며 매주 수요시위에 참여하셨습니다. 뿐만 아니라 2012년 3월 8일, 세계 여성의 날에 길원옥 할머니, 한국정신대문제대책협의회와 함께 일본 정부로부터 배상을 받으면 그 돈을 세계 전쟁 피해 여성을 돕는 데 쓰겠다며 '나비기금'을 제정하였고, 2017년에는 미래 세대를 위한 지원과 전시 성폭력 피해자 연대를 위해 '김복동 평화기금'을 제정하여 평화를 위한 운동에 함께 하셨습니다. 그리고 2019년 1월 28일 하늘나라로 가셨습니다.

김복동 할머니 말씀

"우리는 돈이 탐이 나서 싸우고 있는 것이 아닙니다. 문제는 '우리들이 스스로 자진해서 갔다', '민간인이 끌고 갔다'라는 일본 정부입니다. 나라의 역사가 기록되어 있음에도 그렇게 숨기고 자신들이 한 짓이 아니라고 발뺌을 하고 있는데 전 세계가 다 알고 있는 사실을, 일본만이 아니라고 하고 있습니다. 그러니 우리들은 몸보다도, 문제는 스스로 갔다고 말하며 발뺌하지 말아 달라는 것입니다. 일본 정부가 자신들이 한 짓이고 잘못했다, 기자들 모아 놓고 법적으로 잘못했다, 용서해 달라고 이야기하고 우리들의 명예를 회복해 달라는 것입니다. 우리들도 귀한

집 자식들입니다. 지금 한국 정부는 어떻게 하고 있습니까. 자신들의 집안에 이렇게 희생당한 사람이 없으니 이딴 짓을 하고 있는 것입니다. 거기에 대해 앞장서가지고…… 이것은 배상도 아니고 아무것도 아닙니다. 아무것도 모르는 사람들을 모아 놓고 이러한 행동을 하는 것입니까?"

"요새는 자다가도 잠이 안 옵니다. 우리는 죽으면 죽었지. 그런 돈은 받기 싫습니다. 우리 국민들이 얼마나 화가 났으면 '그런 돈 받지 마라. 국민들이 손에 손 잡고 모아서 할머니들을 보호하겠다'라고 할까요. 지금 우리는 한밤중에 아파도 병원에 갈 수 있을 정도로 여러분들 덕에 편안히 살고 있습니다. 이렇게 잘 살고 있는데 엉뚱하게도 정부에서 재단을 만든다고 합니다. 우리가 얼마나 살 것이라고 박정희 대통령 때는 피맺히고 죽은 사람들의 몸값을 받아가지고 새마을운동을 한다고 하더니 딸은 해결을 지으려고 하니 할머니들 몸값도 아니고 할머니들 팔아서 돈 받아 정부에서 재단을 만든다고 합니다. 그런 재단 없이 우리는 이날까지 살아 왔습니다. 그러니 우리들은 그 재단에 대해 절대적으로 반대이고 우리들 뒤에는 국민들이 있습니다.

국민여러분들이 끝까지 우리들이 해결될 때까지 같이 싸워주시면 고맙겠습니다."

"소녀상 문제에 관해 일본 정부와 대사에게 말하고 싶습니다. 소녀상이 눈에 거슬리면 대사관이 이사를 가면 됩니다. 절이 싫으면 중이 떠나면 되는데, 무엇 때문에 어려운 시절 국민들이 한 푼 두 푼 모아서 세워 놓은 소녀상을 마음대로 하려고 하나요. 그 소녀상을 정부라고 해서 마음대로 할 수 있나요. 정부라도 마음대로 할 수 없습니다. 그리고 내 나라에 세웠고, 여기는 평화로이고 평화비를 세운 것입니다. 우리는 평화를 원합니다. 그래서 평화비라 이름을 지어 놓았는데 이것을 자꾸 치우라고 합니다. 그 어려울 것이 뭐있습니까? 자신들이(일본대사관) 옮겨 가면 되지 않나요? 이렇게 어렵게 할 필요가 없습니다. 청년들이 주야로 소녀상 지킨다고 고생이 많습니다. 그리고 학생 여러분들 공부하기도 힘이 드는데 할머니들을 위해 끝까지 힘써주는 것에 대해 무엇으로 보답하겠습니까. 감사합니다. 우리는 정부는 못 믿어도 국민들은 믿습니다. 이러니 앞으로도 여러분 우리를 도와서 힘 좀 써주시길 부탁드립니다."

※ 이 글은 정의기억연대 홈페이지 내용을 바탕으로 작성하였습니다.

하나코 이야기

초판 1쇄 발행 2021년 4월 11일

지은이 김민정
펴낸이 박찬규
디자인 신미연
펴낸곳 구름서재
등록 제396-2009-000058호
주소 서울시 마포구 서교동 375-24 그린홈 403호
이메일 fabrice@naver.com
블로그 http://blog.naver.com/fabrice

ISBN 979-11-89213-17-6 (43810)